어설프게,
시리도록,

청춘 속 너에게

어설프게, 시리도록, 청춘 속 너에게

정처 없이 떠도는 푸른 날들에 부치는 글

초 판 1쇄 2025년 04월 10일

지은이 김산영
펴낸이 류종렬

펴낸곳 미다스북스
본부장 임종익
편집장 이다경, 김가영
디자인 윤가희, 임인영
책임진행 안채원, 이예나, 김요섭, 김은진, 장민주

등록 2001년 3월 21일 제2001-000040호
주소 서울시 마포구 양화로 133 서교타워 711호
전화 02) 322-7802~3
팩스 02) 6007-1845
블로그 http://blog.naver.com/midasbooks
전자주소 midasbooks@hanmail.net
페이스북 https://www.facebook.com/midasbooks425
인스타그램 https://www.instagram.com/midasbooks

© 김산영, 미다스북스 2025, *Printed in Korea.*

ISBN 979-11-7355-184-0 03810

값 18,800원

미다스북스는 다음세대에게 필요한 지혜와 교양을 생각합니다.

정처 없이 떠도는 푸른 날들에 부치는 글

어 설 프 게 ,
시 리 도 록 ,

청 춘 속 너 에 게

김산영 지음

미다스북스

_____에게

정처없이, 속절없이, 하릴없이 푸르른 날들을 위하여

목차

3장 이 서투른 사랑도 청춘이 된다고

4장 모난 세상 속 둥근 나이테를 지닌 우리이기에

5장 그럼에도 봄, 다시 한번 봄

    채 밤이 오지 않은, 어스름이 얕게 깔린 시간부터 하늘에 너무 이른 검은색을 짙게 칠해보곤 했다. 단순하고도 어린 마음이었다. 그렇게 한다면 내가 곧 맞이할 깜깜한 어둠 속, 그곳에서 느껴야 할 고통이 무색해질 것이라 굳게 믿었기에. 그리고 누군가는 이런 나의 마음과 행동을 두고 '청춘'이라 명칭했다.

    '청춘'. 푸른 봄. 많은 이가 입방아 올리는 '청춘'이라는 단어가 있고, 난 그 단어에서 애석함을 느낀다. 청춘을 막연히 꿈꾸던 어린 날의 내가 생각한 봄이란 탄생의 기쁨이 만연한 계절이었다. 서로를 포옹해 주는 따스한 숨결이 바람으로 나리는 나날. 그렇기에 내가 맞이할 청춘이란 푸른 봄 또한, 온기를 가득 껴입고 있을 것이라는 그런 물렁한 선망을 가졌었다. 하지만 그 기대와 명백히 대조되게도 싸늘한 바람을 일으켜 뺨을 얼리는 청춘의 바람이 나를 날카로이 마중하였다. 난 그 봄을 어찌할 바 모른 채로 우뚝 서 난처함에 얼굴만 파랗게 물들여갈 뿐이었다. 누구도 마음을 이처럼 시리도록 파랗게 물들이는 봄이 있다 귀띔조차 해주지 않았기 때문에. 그렇기에 이런 서슬푸른 봄을 다루는 법 또한 배울 수 없었다. 그런 이유로 나를 에우는 광풍이 더욱이 원망스러워, 이것이 정말 청춘일까 하고 내 온몸에 파장을 이는 물음을 한참동안이나 머금을 수밖에 없었다.

나를 품에 둔 청춘은 더욱이 제 속도를 드높였고, 나는 그것에 따라 나의 모습을 이리저리 방황했다. 그렇게 몰아치는 청춘에 익숙해질 때쯤, 내가 나의 버거운 몸 한 덩이를 직립할 수 있을 때쯤, 이것이 정말 청춘일까 하는 또 한 번의 물음이 있고 나는 이제 그것에 묵묵히 답한다. 이것은 분명 청춘이다. 어쩔 도리 없는 시퍼런 봄이다. 우리는 그곳에 있다.

봄을 감내하며 사는 우리가, 당신이, 내가 안녕을 청해보는 밤. 청춘의 한가운데, 그 속에 몸을 굳게 웅크리지 않아도 온기가 몸 곳곳에 스미는 느슨한 단잠이 더 많은 밤과 함께하기를 바라며. 어설프게 새파란 이 마음을 당신에게 옮겨본다. 부디 당신의 청춘이 안녕하기를.

1장

당신의
봄은
안녕한가요

무엇보다 파란 계절이, 나에게 질문을 던진다.

추신, 안녕한가요

안녕한가요.

이 단순한 안부를 묻는 말이 내게는 좀체 쉬이 건넬 수 없는 말이라 당신 앞에서 머뭇거리고 만다. 당신 또한 알고 있을 테다. 어느 날 안녕을 묻는 말이 가지는 무게감은 천근과도 같다는 것을.

'안녕한가요.', 이처럼 짧은 어구의 말이 입안을 나뒹구는 해감의 형태로 제 모습을 변모한다. 눈에 띄지 않던 미약함이 내 몸에 들어서서야 자신의 무거운 존재감을 성큼 드러낸다. 안녕한가, 나는 안녕한가, 나는 안녕했던가. 그런 꼬리에 꼬리를 무는 끝을 모르는 질문이 내 속을 헤집는 것과는 반대로, 난 그저 형식적인 긍정으로 상대의 물음에 화답한다. 나는 안녕하다. 나는 잘 지낸다 하고. 그날은 웃는 낯을 띄우던 화사한 대답과는 달리, 알싸한 쓰라림이 위장을 거치게 된다. 그 쓰라림은 나의 온몸 곳곳을 누비다 끝내 배에 도달하여서는 술렁이는 배앓이가 되고 만다.

그러니 나는 주저하게 되는 것이다. 내가 전할 물음에 당신 또한 겉과 속이 다른 대꾸를 주워 들게 되지는 않을까 하고. 속을 뜨겁게 녹이는 배앓이를 하게 되지는 않을까 하고 말이다. 그럼에도 난 당신에게 안녕을 묻고 싶다. 내가 뱉은 물음이 당신에게 어떤 무게감을 지니게 될지 겁이 나면서도 난 당신의 진정한 안녕을 바라고, 당신의 비형식적인 안녕을 묻고 싶음에. 그렇게 당신을 무지근하게 누르지 않을 가벼운 물음 정도가 되도록, 마지막의 끄트머리에서야 교묘히 물어보는 나의 얕은 노력과 함께해본다.

당신, 밥은 챙겨 먹었어요? 오늘 그곳의 날씨는 어때요? 요즘 자주 듣는 노래가 있을까요.

그리고 가벼운 추신. 당신, 안녕한가요.

목줄 채운 성장이라면

"아프다. 왜 아픈 거지."

"성장통이라 그래.
성장하니까 아픈 법이야."

성장에는 예고가 없다. 어릴 적 고만고만하던 몸이 자각하기도 전에 자연스레, 마치 풍선을 부풀리듯 몸집을 키우곤 완연해진 모습을 드러내는 것처럼. 성장은 어느 순간 밤손님처럼 드문히 방문하고 우리는 그것을 맞이한다. 예고와 설명 없이 우리의 곁을 함께하는 성장. 그리고 그 성장에는 늘상 고통이 수반된다. 성장하는 부위를 주위로 욱신하더니, 싸르르 몸에 퍼지며 아릿하게 이는 통증. 장기간에 걸친 잔잔한 통증은 우리가 오래도록 성장하고 있음을 여실히 알려온다. 그리고 우리는 이것을 익숙하게도 성장통이라 불러왔다.

키가 자라며 겪어본 모두의 성장통은 우리가 앞으로 살아가며 겪을 성장통의 연습이라도 되었던 것일까. 자라던 키가 멈칫하고 익숙했던 뼈마디 마디의 통증이 어느 순간 모습을 감춘 그쯤부터 또 다른 모습의 성장통들이 슬그머니 모습을 드러냈다. 관계의 소중함과 그를 지키는 성숙한 태도를 배우며 오는 성장통. 입 밖으로 꺼내는 사랑에 많은 용기가 담긴다는 것을 배우며 오는 성장통. 어떤 행동은 어떠한 말보다 더욱 큰 힘을 지니고 있다는 것을 배우며 오는 성장통. 우리는 많은 배움과 함께 숱한 통증을 간직했다.

그러나 당신 또한 알 테다. 그와는 반대로 고통이 앞장서더니, 억척스레 나를 잡아 늘여놓곤 이것 또한 성장이라 주장하는 성장도 존재한다는 것을. 최소한의 방어마저 못 할만큼 함부로 고통이 침입하여 당신을 목줄 채우더니, 그렇게 순식간에 단단한 바닥에 내동댕이치고 나동그라진 당신에게 말한다. 이 또한 배움이라고. 이로써 네가 성장한 것이라며 말해온다. 난 그것에 묻고 싶다. 목줄 채운 성장은 성장으로 분류되는가. 우리는 정말 이것을 성장이라 불러야하는가. 이 고통까지 성장통으로 분류해야 하는가.

아니다. 난 이것을 성장이라고 분류하고 싶지 않다. 분명이 우악스러운 고통을 통해 우리가 배운 것은 존재할 터다. 그러나 그 배움이 우리에게 꼭 필요한 것이었나. 이 뇌리 박힐 고통을 통해서만 얻을 수 있는 배움이었나. 단시간에 쐐기 박히듯 내려쳐진 배움이 아닌, 긴 너울을 가지고 스며드는 배움이 될 수는 없었던 것인가. 이것은 우리에게 감히 너무도 무례한 고통이다. 도를 넘어선 성장통은 더 이상 성장통이라 불리지 못하게 된다. 그것은 그저 아픔이 된다. 이 아픔을 애써 성장통이었다고 포장하고 싶지 않다. 당신과 나, 우리의 아픔이 필수적이었다고 말하고 싶지 않다. 어떤 성장의 존재보다는 어떠한 고통의 부재가 더 나은 것이 된다.

나는 우리가, 당신이, 아픈 순간이 더 없기를 바란다. 배움이라는 걸 포장으로, 성장통이라는 손쉬운 이름표를 붙여가며 당신의 아픔을 격하시키지 않기를 바란다.

당신이 더 아프지 않기를, 급변하는 성장과 함께하지 않기를, 만일 아픔을 지니게 되더라도 당신이 덜 아플 수 있기를, 그런 간절함을 오늘도 염원해 본다.

"있지. 이런 것도 성장통이라 불러도 되는 걸까.
이렇게 둔탁한 아픔도 성장통이 맞는 걸까.
이토록 아프게 도달할 성장이었다면
난 차라리 성장하지 않아도 좋았어."

"이 고통은 성장에 비견했을 때 너무도 과분해."

"아프다.
내가 너무 과분하게 아파."

모두가 변해가는 계절입니다

"사람은 고쳐 쓰는 게 아니래."

"그렇지. 사람이니까.

사람은 변화하잖아."

세상을 살아가며 사람은 사람에게 상처받은 날이 늘어만 간다. 사람과 맞잡았던 나의 손을 내려다보면 돌이킬 수 없는 자잘 자잘한 흉이 가득한 투박한 손이 보인다. 시간이 지나고 거친 표면의 손에 새겨진 흉을 또 다른 흉으로 덮어갈 때쯤 나에게 물어보는 것이다. 혹시 나는 어떤 사람들과 손을 맞잡는 것을 일찌감치 포기하고 있지는 않았던가 하고.

저 사람은 이미 한 번 내게 흉을 냈으니까, 사람은 고쳐 쓸 수 없다며, 그들은 계속해서 같은 실수와 잘못을 반복할 것이라며. 또 아니면 더 이상 상처 입기 싫기에, 저 사람 또한 내게 상처 입힐까 하는 막연한 공포에 사로잡혀서는. 그렇게 나는 일찍이 기대를 접고 손을 거둔 채 멀찍이 뒤로 물러서지는 않았던가. 그것이 비단 잘못된 마음은 아닐 것이다. 상대에 대한 기대를 포기하기까지 내 손은 이토록 많은 흉을 감내해 왔으니. 그러나 사람에게 기대하는 마음을 완벽히 포기하지는 않기로 하자.

맞다. 사람은 고쳐 쓰는 것이 아니다. 사람은 사람이기에, 고장 난 고철 덩어리가 아니기에 고쳐 쓸 수 없는 법이다. 사람은 고쳐지는 것이 아니라 스스로 변화하는 법이다. 내가 나를 기억하기에 알 수 있는 것이다. 치기 어린 마음에 가시를 둘러 나 자신을 보호한다는 명목하에 타인을 공격했던 나 또한 과거에 존재했음에 난 변화를 믿지 않을 수 없다. 울컥하더니 범람하기 시작한 마음을 주체할 수 없어 타인을 부여잡은 채로 함께 그 마음에 휩쓸렸던 나 또한 과거에 존재했음에 난 변화를 믿지 않을 수 없다. 과거, 어설픈 마음에 우둔함을 내질렀던 어렸던 내가 같은 나임에도, 지금의 나와 과거의 내가 완전히 같은 나라고 단정 지어 말할 수 없듯이 사람은 변화한다. 결국 나 역시 변화했듯 타인 또한 마찬가지일 테라고.

모두가 변해가는 계절이다. 자라기를 멈춘 지 한참이기에 시야의 높이와 그 속의 풍경은 여전히 같음에도, 우리 모두는 과거와 현저히 다른 시각을 가지고 세상을 바라보고 있다. 그렇기에 이 변해가는 계절에 힘입어 다시 누군가에게 손을 내밀어 보는 것은 어떨까.

손을 내밀고 상대를 똑바로 마주하면서, 또 한 번 상처를 입게 될지라도 기대하는 마음을 포기하지 않는 것. 그리고 마찬가지로 누군가 또한 나를 포기 않고 내 손을 맞잡아주기를 바라는.

선생님이라 불러보는

    찬은 나를 선생님이라 불렀다. 학창 시절부터 또래 친구들보다 유달리 고지식하고 재미없는 애늙은이로 통칭 되던 나를 찬은 선생님이라 칭해왔다. 별명은 그닥 특별한 것에서 비롯되지 않았다. 찬이 인간관계 문제로 씨름하며 갈팡질팡하던 중 나에게 조언을 구해왔고, 난 그에 대한 나만의 해답을 내놓았을 뿐이다. 그 대답이 찬은 퍽 마음에 들었던지 이후 인간관계에 대해 골머리를 앓을 때면 나를 애용하기 시작했다.

    "역시 산영 선생님이야! 고마워!"

    하고 상담을 마치면 꼭 선생님이라 부르고는 고마움을 표했다. 그리고는 주위 친구에게도 나를 선생님이라 부르라는 반쯤의 진심과 반쯤의 농담이 섞인 권유를 하고 다니기도 했다. 난 그 모습이 기꺼워 그저 웃음만 짓고 있을 뿐이었다.

찬은 모른다. 오히려 그때에서도 지금에서도 내가 너를 선생님이라 여기고 있다는 것을. 속으로 몇 번이고 너를 찬 선생님이라 불러온 것을. 나에게는 같은 또래 친구에게 허물없이 다가가는 네 담대함이 배울만한 점으로 여겨졌다. 나에게는 인간관계에서의 문제를 회피하지 않고 직면하고자 하는 네 성숙한 태도가 배울만한 점으로 여겨졌다. 또한, 친구에게서 배움을 얻고 그것에 감사하는 마음을 표현할 줄 아는 모습이 배울만한 점으로 여겨졌다. 그 외에도 난 너의 모습을 곁눈질하며 배운 것이 너무도 많았다. 현재에 이르러서 나는 너를 필두로 속으로 선생님이라 부르는 사람이 매우 늘었다. 네가 나를 선생님이라 불러준 덕택에 나 또한 주위 사람에게 배움을 가지고자 하는 시야를 가지게 된 것이다.

배움은 특별하지 않다. 그저 내가 무언가를 배우고자 한다는 마음가짐이 존재하다면 사람을 바라볼 때 더욱 많은 것이 보이기 시작한다. 흐릿한 초점이 맞춰지며 세상을 구성하는 것들이 선명하게 보이듯 사람 또한 그러하더라.

앞으로도 우리가 보다 선명한 세상 속에서 끈질기게 배워 나갈 수 있기를. 또한, 더 나아가 누군가에게 배움을 주는 선생님이 될 수 있기를 바라본다.

서술은 화음이 되어

　세상은 우리에게 다양한 개성과 생각을 표현할 수 있는 자유를 선사한다. 말인즉슨, 세상을 살아가는 데에 정답이란 존재하지 않다는 것이다. 정답이 존재하지 않지만 남몰래 규격에 맞춘 대답을 바라는 세상이기에, 때로는 내가 내놓은 자유로운 대답으로 타인의 눈총을 받을 수도 있는 세상이기도 하다. 그러나 종종 눈총을 받을지언정 당신이 자신을 굽히고 규격화된 대답을 따라 외치지 않기를 바란다.

　세상을 살아가는 데에 있어 진정한 정답이란 존재하지 않기에 삶이 기대되지는 않던가. 서술형 문제의 세상. 각자가 좋아하는 것부터 싫어하는 것. A부터 Z까지의 알파벳에서 저마다 연상하는 단어나 같은 풍경을 바라보면서도 각자가 달리 느끼는 감상까지. 저마다 내놓을 가지각색의 대답은 우리의 삶을 기대 어리게 만들기 충분하다.

내놓은 답들은 저마다의 연주가 된다. 우리의 서술은 화음이 되어 연주가 된다. 규격화되지 않은 이 연주는 가끔 격렬해져 불협화음이 되어 귀를 찌르는 소음이 되는 순간이 되어도, 그마저도 악장의 일부가 되는 것이라고.

그러니 나는 당신의 연주를 기대하고, 나의 연주를 당신이 기대해 주기를 소망한다. 당신이 당신만의 연주를 앞에 두고 자주 주저하게 될지라도, 그 연주를 포기하지 않기를 바라는 것이다.

당신의 서술들은 내게 연주가 되었습니다. 나의 서술은 당신에게 연주가 되었나요.

질문이란 오선지가 **빽빽**이 새겨진 세상

그러나 오선지 속 몸을 누운 음표란 부재한다.

공백만이 존재하는 오선지를 연주하는 몫은 오롯이 나의

몫이다.

난 숨이 막힐 듯 펼쳐진 광야와 같은 세상을 걷는다.

걸음 하나, 짧고 퉁한 음을 낸다.

걸음 하나, 보다 살찌운 쨍한 음을 낸다.

걸음 하나, 얄팍하지만 오롯한 음이 길게 이어진다.

걸음에 겹쳐지는 다른 걸음

걸음 둘, 강렬하고 날카로운 음을 낸다.

걸음 둘, 몸을 낮춘 엷은 음을 낸다.

걸음 둘, 당당하지만 흐릿한 음이 반복적으로 이어진다.

걸음이 무수히 쏟아져 뒤엉키는 세상

우리는 숨이 가쁜 강렬한 악장이 된 연주를 걷는다.

1월

　새로운 해가 밝고 새로운 달이 또 한 번 찾아왔습니다. 1월입니다. 또 한 번 우리는 뺨을 긁는 추위와 함께 다시 시작하고 있습니다.

　시작은 1월만치 늘 추운 듯합니다. 모든 것이 메말라 붙은 불모지에 황량히 나만 우뚝 서 있는 시작. 무엇을 우선해야 할지, 무엇을 행동해야 할지 알 길 없는 난제와 같은 시작. 어디든 갈 수 있다는 자유는 되레 나의 발목을 잡기도 합니다. 난 어디로 향해야 할까요.

　생각합니다. 내가 보고 싶은 것이 무엇인지. 내가 듣고 싶은 것은 무엇인지. 그리고 느끼고 싶은 것은 무엇인지. 그 모든 곳이 있을 곳이 내가 향해야 할 장소가 됩니다. 그렇게 확고한 방향으로 고요히 발을 디디며 나의 적막한 시작을.

나는 '잘' 살아요

"잘살고 있어?"

"내 기준에서는 응.
아주 '잘' 살고 있어."

심심치 않게 들어오는 안부 인사. 잘살고 있냐는 치레. 그런 치레에 작은 호기심이 동할 때가 있다. 잘 산다는 것은 과연 무엇일까. 남들보다 뛰어난 삶을 산다면 잘 사는 것일까. 아니면 평균보다 벌이가 더 우수하다면 그건 잘 사는 것이 될까. 또 아니면 모두에게 선망받는 인생을 살 때 그것은 잘 사는 게 되는 것일까.

잘 산다는 기준은 정말 맥 빠지게 단순하게도 개인 본인의 주관적인 행복이 판가름한다고 본다. 제아무리 여유가 넘치는 벌이를 가져도, 누군가들에게 추대받는 삶을 산다해도, 자신의 행보 하나하나에 우레와 같은 갈채 소리를 받는 권위자가 된다고 해도, 정작 내가 행복하지 못하다면 그건 그저 보기 좋은 허울이 될 뿐이니 말이다.

그러니 난 묻고 싶다. 당신은 당신의 기준 속에서 행복한가, 하는 그런 물음. 그저 세상이 규격한 잘 사는 것의 기준에 끼워 맞춘 겉피만 요란스러운 깡통 같은 삶보다는, 당신만의 행복의 기준 속에서 자연히 당신 스스로가 행복하다는 생각이 들 수 있는 삶의 형태를 추구하기를 바란다. 그렇게 종종 당신에게 물어오는 안부 인사에 빙긋 웃으며 여유로이 답할 수 있기를.

잘살고 있어? 하는 물음에.
응. 난 '잘' 살고 있어. 하고.

"나는 말이야. 네가 아주 '잘' 살았으면 좋겠어.
어떤 누구보다도 '잘'."

"좋은 사람과 함께하며 다정을 나누면서 기쁨을 만끽하고,
주위를 둘러볼 여유로운 마음이 존재하고,
좋아하는 음식을 먹고, 좋아하는 음악을 들으며,
많은 생각에 파묻히지 않는 단잠에 빠지는,
그렇게 내 기준에서도 네가 '잘' 살았으면 좋겠어."

"넌 '잘' 살고 있어?"

노력을 심어 결실을 피우는

"내가 노력한다면
모든 게 해결되는 세상이면 좋았을 텐데."

"그러게.
노력한 만큼, 그만큼 나은 결과가 나왔다면
우리의 세상이 더 나은 모습이었을까."

모든 노력이 노력한 만큼의 결실로 이어질 수 있다면 얼마나 좋을까. 종종 내가 행한 노력이 무색하게도 부정적인 결말에 다다르면, 모든 것이 무의미하게 느껴지기도 한다. 억울하고 원통한 마음이 드는 것이 비정상의 범주에 드는 것은 아닐 테다. 그만큼 나는 노력했을 테니. 공중을 가벼이 떠다니다 소리 소문도 내지 않고 펑 터져버리는 비눗방울만치, 난 내게 남은 것이라고는 아무것도 없어 보이는 현실에 애석함을 느끼고 만다.

그러나 손에 쥔 것이 없어도 분명하게 내게 남겨진 것은 있다. 나는 안다. 내가 목표로 한 결실의 과육을 얻기 위해 견고한 지반을 쌓고자 했던 나의 모습을. 그런 지반 위에 씨앗을 심고, 정성을 다해 가꾸어 가며 내가 얻어낸 경험과 그 경험을 바탕으로 펼칠 수 있게 된 고고한 지식을. 목표에 도달하기 위한 지반을 형성할 때 꼭 필요로 되는 요소가 무엇인지, 과육을 가꾸어 가며 내가 행한 노력에서의 부족함은 무엇이 있었는지, 어떤 방향성을 잡고 성장을 도모했을 때 더욱 발 빠른 성장을 가질 수 있는지와 같이 노력의 경험에서 생생히 얻어낼 수 있는 결실 또한 존재한다.

목표한 결실은 당장 내 손에 쥐이지 않았지만, 나의 노력은 물거품이 되지 않고 무형의 산물이 되어 나의 몸에 자리하고 있다. 우리는 우리 스스로가 눈치채지 못하게도 한 뼘 더 높은 시야에서 세상을 바라보고 있는 것이다. 그러니 나, 당신, 수고했다.

이곳에 도달하기까지 정말로 수고했다.

"어쩌면 노력한 만큼의 결과가 주어지는 세상은
덜 아름다울지 모르겠다."

"불완전하고 부조리한 법칙의 세상이라,
그렇게 얻을 수 있는 아름다움도 존재하는 것 같아.
노력도, 나도, 너도."

"그러게,
확실한 건 노력하던 네가 아름답더라."

되새김질하는 기억

나는 더 나은 사람이 될 수는 없었던가. 더 상냥하고 투명한 말로 타인에게 숨을 부여할 수는 없었던가. 마음을 완연히 드러내지 않는 부동의 자세로 성숙하게 나의 분노를 대변할 수는 있지 않았나. 솔직함은 양날의 검이라 내가 내뱉은 나의 말이 돌고 돌아 나를 찌르는 날붙이가 될 수 있음을 숙고할 수는 없었나. 한 슬픔은 나눔으로 배가 되어 모두를 짓이길 수도 있음을, 한 슬픔은 나눔으로 농도를 옅게 만들 수 있음을 일찍이 알 수는 없었던 것일까. 만약 내가 다시 선택할 수 있다면. 만약 내가 또 같은 상황을 마주하게 된다면.

기억을 되새김질한다. 곱씹으며 소화된 기억은 몸 곳곳으로 뿌리를 뻗친다. 발가락 끄트머리까지 펼쳐지는 씁쓸한 양분. 더 나은 사람이 되기 위해 머릿속에 펼치는 발버둥. 아무도 보지 못하는 당신의 바지런함. 그런 반추.

과거를 마주하는 것은 두려운 일이야.

그것은 단순히 돌아보는 것의 문제가 아니야. 정확히는 나의 후회를 돌아보고 시야를 맞춘 채 그것을 똑바로 응시해야 해. 그리고 완벽히 파악한 후회의 순간을 돌보는 것까지가 과거를 마주한다는 것을 말하는 거야. 알아. 미흡한 행동과 말로 주위와 나 자신을 망친 나를 인정하기란 꽤나 어려운 일인걸. 그렇지만 과거의 나 또한 나인 걸 인정해야만 해. 완전히 인정해야 더 나은 내가 될 수 있어. 내가 나의 존재를 인정하지 않는다면, 지금의 난 나로서 존재한다고 말할 자신을 잃게 돼. 그렇게 나를 잃게 되는 거야.

마주하고 인정해. 그 또한 나였어. 그러니 난 더 나은 사람이 되고자 해. 그리고 지금, 난 분명 이전보다 더 나은 사람이 되어있어.

이게 내 최선이었어

불공평에 투덜대는 것은 이제 더 이상 하지 않는다.

세상은 예상보다 더 나의 능력과는 별개로 단순한 운에 기대어 작용되는 모습을 많이도 보여준다. 모두가 동일하게 시작을 끊었다 생각이 듦에도, 시작선의 위치는 제각기라는 것을 우리 모두는 많이 봐오지 않았던가. 나도, 당신도 어느 때에는 누구보다 더 열심히 달리기 위해 일찍부터 만전을 기해 왔음에도, 저 앞쪽에서 간편하게 시작을 준비하는 타인의 뒤통수를 바라보았을 때 입꼬리에 비릿한 엷은 웃음이 고이지는 않았던가. 그렇지만 그럼에도 난 그저 내가 놓인 위치에서 할 수 있는 최선을 다할 뿐이다. 어떤 누군가 또한 나의 뒷모습을 바라보며 묵묵히 최선을 다할지도 모르는 일이기에.

그러니 우리가 어느 시기에 서로가 서로의 도달한 지점

을 이야기할 때, 다른 이들에 비해 한참은 뒤처져 있다 생각
되는 누군가가 있다면 그저 그가 그 나름의 최선을 다해 그
곳에 당도한 것임을 알아주자. 의아한 눈으로 왜 아직도 그
곳에 머물러 있는지 묻는 말에, 참담한 마음으로 침묵을 유
지할 수밖에 없는 누군가가 존재한다는 것을 우리는 알아줄
법 하지 않은가.

　당신이 도달한 곳이 당신의 최선이 되었다면, 그 또한 그
가 도달한 곳이 그의 최선이었음을 우리는 충분히 잘 알기
에. 타인의 관점에서 미비할지 모르는 현실이어도, 우리는
각자 나름의 최선 속에 살아가고 있다는 것을 잊지 말자.

나열하는 행복

    딸기 쇼트케이크 위에 얹힌 딸기 한 알을 입에 넣고 굴렸을 때, 입안 가득 감기는 파릇한 과육의 향. 따사로운 햇살로 익어가는 도롯가 위에 고양이들이 서로 뒤엉켜 데굴대며 장난치는 모양새. 나리는 함박눈이 열린 창문 틈새로 들어와 손등에 녹아드는 광경. 훈훈한 열기를 지닌 부드러운 이불이 차게 식은 몸을 두르고 데워오는 촉감. 곤히 잠든 당신의 모습 속 작게 구겨진 미간을 건드려보는 일. 느슨해지는 눈썹에 사랑을 웅얼이며 차오르는 당신의 입꼬리.

    나열하는 나의 행복.

당신은 나의 행복을 바란다 말해왔다.

나의 행복을 바라 믿지도 않는 신을 찾아 나서며, 나의 강녕을 기도하고 더 나아가 나의 행복을 염원한다고 간절히 말해왔다.

난 나의 행복을 바라는 당신이 있기에 행복하다고 부러 말하지 않았다.

당신이 영원토록 나의 행복을 빌어주길.

그런 당신으로 난 영원토록 행복하기를.

2월

유달리 짧은 2월입니다. 봄이 코앞입니다. 모든 것이 목전에 둔 생명을 되찾기 위해 속도감을 드높여 2월이 짧은 것이라는 생각입니다.

당신의 2월은 어떻습니까. 당신 또한 봄을 준비하고 있습니까. 혹여 봄을 향해 발 빠르게 움직이는 계절에 휩쓸려 괜스레 초조해하고 있지는 않습니까. 혹여 머지않을 봄에 당신의 꽃을 피우지 못할까 부산스레 뜀박질하고는 있지 않습니까. 잠시 태양의 향방을 확인해 보는 것은 어떨까요. 당신이 목전에 둔 봄의 위치를 바라보고, 침착한 숨을, 차분한 발걸음을 간직해봅시다.

당신의 생명은 이미 움트고 있으니, 당신 또한 자연히 봄에 도래할 테니 말입니다. 결국 당신이 봄을 거쳐 갈 테니까요.

그렇게 동요하지 않는 2월을, 짧지 않은 2월을 지나 봄으로.

아롱이는 자격

　　　"내가 행복할 자격이 있을까."

　　　　　　　"자격이 없을 이유는 뭔데."

　　어떤 밤에는 내가 나 스스로에게 자격을 물었다. 내가 과
연 행복할 자격이 되는 사람인가. 내가 과연 사랑받을 자격
이 있는 사람인가. 내가 과연, 하고. 오도카니 그 밤에 몸을
둥글게 말아 웅크려서는 나의 존재를 내가 열심히 지워보고
자 했다.

　　자격에 대해 묻는 말만큼 자신을 처절하게 망가뜨릴 것은
없다. 그 질문은 밑 빠진 항아리에 물을 쏟아내는 것과 같아
서, 꼬리에 꼬리를 물며 자꾸만 깊숙한 밑바닥으로 나를 물
어가게 되는 것이다. 그러다 결국 이어진 물음 끝에 나온 궁
극적인 물음은 내가 과연 살아 마땅한 사람일까, 하며 내 존

재에 대한 불확실성만을 증명하고 만다. 그것이 분명한 오답인 것을 모른 채로 편협한 확신에 차고 마는 물음.

어떤 자격이란 아롱이는 도깨비불같이 그럴듯한 허상이라 나와 당신, 우리 모두를 손쉽게 속여버리고 만다. 마치존재하는 것처럼 빛을 타올리며, 시선을 앗아가 놓고는 그것을 열심히 뒤쫓다 보면 우리는 어느 순간 벼랑 끄트머리에 걸치고 마는 것이다.

나를 대상화하는 자격이란 실존할 수 없다. 기뻐할 자격, 슬퍼할 자격, 행복할 자격, 사랑받을 자격, 살아 마땅한 자격과 같이 나 자신의 존재에 의문을 던지는 자격이란 존재할 수 없다. 그것들은 쟁취해 내는 자격이 아니기에. 본디내가 지니고 있는 권리임에.

그러니 제발 당신이 당신이라는 생명이 두려워 그윽한 한밤중에 잠 못 이루지 말고 편안한 잠에 빠질 수 있기를 바란다. 당신이라는 생명의 자격에 염려하는 당신의 마음에, 나마저 마음이 예리하게 아려온다.

"네가 네 존재의 자격을 폄훼한다면
난 그것의 양만큼 네가 존재해야 하는 이유를 댈 수 있어."

"그렇다면 넌 내가 존재해야 하는 가치를 증명할 수 있어?"

"네 존재의 가치를 증명하기란
말로써 표현하기 어렵기에 불가능해.
하지만 네 존재의 가치가 없다는 것을 반박하는 일이란
너를 아는 누군가들에게는 너무도 쉬운 일이야."

"그러니 그걸로는 안되는 걸까.
그걸로 네 존재가 가치가 있음을 증명했다고 할 수는 없는 걸까."

밀도가 높은 사람

"넌 어떤 사람이 좋아?"

"속이 꽉 찬 사람.
그러니까 밀도가 높은 사람."

어떤 사람이 좋으냐고 물어왔지. 외관을 묻는 것이 아닌 어떠한 사람이 좋냐는 물음. 곰곰이 고민해 보다가 내놓은 대답은 이거였어. 밀도가 높은 사람. 그래, 밀도가 높은 사람 말이야.

밀도가 높다는 건 말이야, 그 사람을 구성하는 삶이 촘촘하다는 걸 말하는 거야. 온전히 자기 자신으로 삶을 수놓은 사람. 이기적으로 자신을 우선하여 비좁게 삶을 채운 사람이 아니라, 자기 자신을 필두로 타인들과 어울리는 장면들을 켜켜이 새기며. 그렇게 촘촘하게 삶의 밀도를 높인 사람.

그렇게 속이 꽉 찬 사람이 좋아.

밀도가 높은 사람들은 가라앉는 것을 잘해. 가라앉을 때에도 올곧고 정직하게 자신을 가라앉히며 흐트러지지 않아. 다시 자신은 떠오를 것을 아는 것처럼. 그렇게 묵직하고 담대하게 밑으로 가라앉아. 그 모습에 바라보는 사람은 그저 경탄을 내뱉게 되는 거야.

밀도가 높은 사람의 옆에 있으면 마치 나까지 모든 게 괜찮을 것 같다는 착각을 하게 돼. 살을 베는 매서운 바람에도 넘어가지 않을 것 같고, 나를 푹 잠기게 하는 빗줄기에도 땅에 발을 계속 내디딜 수 있을 것만치. 그렇게. 그렇게 농밀한 숨을 내뱉으며 나의 존재를 발산하는 사람. 난 나 또한 그런 사람이 되고 싶어서 밀도가 높은 사람이 좋아.

일관적인 세상에 나를 붙이고 있습니다.
나를 발라둔 세상의 면과 나는 같은 극을 띠어서
종종 나는 세상 위를 부유해야 합니다.

당신의 숨은 세상과 정반대의 극을 띠어서
나와도 정반대의 극을 띱니다.

훅,
당신의 농밀한 숨이 불어닥칩니다.
세상과 나의 틈새에 당신의 숨이 가득 차
당신이 나의 부랑을 멈춰 세웁니다.

당신의 농밀한 숨으로 가득한 세상이라면
난 매일을 취해 나른한 웃음으로 세상에 붙어살 것입니다.
그러니 당신의 숨을 내 평생토록 반복해 주겠습니까.

나의 단면의 투영

"내가 무엇을 선택해야 하는지
알려줄 사람은 없을까."

"모든 사람이 같은 생각뿐이라,
질문만이 가득한 세상이지."

선택의 기로다. 갈래로 찢어진 길 위에 나는 얹혀졌다.

곧게 이어진 길을 쭉 따라가다가도 어느 부근에 갑작스레 툭 하고 존재하는 샛길마냥 내가 마주하는 선택지. 자유를 간직한 세상은 내게 가끔 시련처럼 느껴지는 선택지를 양손 가득 쥐여주고는 한다.

어떤 것을 놓아야 할까, 내가 선택한 이 길이 틀리지는 않을까, 내가 놓아버린 선택이 옳은 방향의 길은 아니었을까 하고 보이지도 않는 길의 끝 모습을 상상해 본다. 그리고 그곳에 서 있을 나의 모습까지 어렴풋하게 그려본다. 비가시적 풍경을 관측하고자 하는 그쯤에, 갖은 애를 쓰지 말고 나를 갈라 그 단면을 들여다보는 것은 어떨까.

나는 나로 살아가기에 나를 관통하는 어떤 단순한 사실을 시야에서 손쉽게 놓치고 만다. 나이기에 제일 나와 가까이 지낼 수 있으면서도, 제일 나를 간과하고 마는 나.

갈림길을 앞에 두고 나를 반으로 쪼개어 본다. 나의 단면에서 투영되는 나의 가치관과 신념이 무엇인지 보이는가. 내가 끝내 절대 포기할 수 없는 현실이란 과즙은 무어라 흘러넘치는가. 단단하게 박혀있는 나의 씨앗 겉면에 어떤 후회의 형태가 나 자신을 용서할 수 없게 될 것이라고 새겨져 있는가.

헤매는 선택 속 그에 대한 모든 답은 나에게 잠재되어 있는 것이다. 모든 답은 결국 내게로 귀결된다는 것을 선택의 기로에서 잊지 않고, 그렇게 잠시 멈춘 채 나를 반으로 갈라 들여다보자고. 그리고 후회 없이 나만의 선택을 하는 것이다.

"내가 나의 입장을 표명하는 것은
여러 해를 반복해도 익숙해지지 않는 일이야."

"그럼에도 반복하고 또 반복해.
나의 안쪽 깊숙한 곳까지 메아리치도록
내가 나에게 질문하고
아우성치는 대답으로 응수하는 거야."

"내가 나를 대변하는 것을 반복함으로
나는 나의 성숙함을 면면히 느낄 수 있게 되고,
타인의 시선에서도 나는 탐스럽게 영글어 가고 있을 테니까."

게워내는 슬픔

울긋불긋 붉게 번진 눈자위와는 달리 가지런하던 눈동자
가 있다. 매끈하게 일자를 유지하기 위해 바르르 떨리던 입
매. 들쑥날쑥한 호흡을 감추기 위해 크게 부풀던 가슴팍과
짧게 치고 나오던 한숨. 드문드문 받은 숨을 따라 떨리던 손
끝. 너를 이루던 모든 것이 슬픔을 말했지만, 넌 그들과 나
란히 서지 않고자 부단히도 애를 썼다.

넌 그것으로 괜찮았던 것일까. 너의 구성이 슬픔을 말해
올 때, 홀로 다른 것을 이야기함에 있어 목이 메지는 않았을
까. 퍽퍽하게 막힌 숨에 캑캑하고 기침하자, 응어리진 마음
이 네 목 어딘가에 걸려있는지를 여실히 깨닫는 시도만 되
지는 않았을까.

게워내야만 한다. 너는 그 슬픔을 게워야만 한다. 소화되

지 못하고 네 가슴에 얹혀, 목구멍까지 막아버린 슬픔에 너는 어느 오밤중 괴로워 신음하게 될 것이다. 아무도 듣지 못하는 새된 신음을 내며 한 움큼 네 가슴을 쥐어보고, 몸속을 데굴데굴 구르는 네 슬픔의 길을 따라 네 몸은 기우뚱 기우뚱거릴 것이다.

  게워내야만 한다. 너는 그 슬픔을 게워야만 한다. 너는 아름다움을 놓치며 살아가고 있다. 차오르는 눈물에 서물서물 뭉개진 세상을 바라본 적이 있는가. 구름에 번져가는 하늘의 색을 관찰한 적 있는가. 산란하는 빛기둥이 가득한 풍경, 산발하는 빛이 얼마나 아름다운지 아는가. 포기할 수 없는 전경, 네 위에 피어나는 지상의 오로라.

  그러니 울어라. 너의 구성과 함께 슬픔을 이야기해라. 네 슬픔을 포기하지 말아라.

도움닫기를 위한 퇴보

    불현듯 내가 퇴보했음을 깨닫게 되는 날이 온다. 나의 능력에서부터 나의 생각, 나의 가치관까지. 분명 이전의 내가 지금의 나보다 더욱 월등했던 것 같은데 하며, 분명 이전의 내가 더 좋은 말과 좋은 생각을 할 줄 아는 사람이었던 것 같은데 하고 과거의 나와 지금의 나를 견주어 보게 된다. 그리고 의심으로 끝나기만을 바랐던 달갑지 않은 나의 퇴보에 대한 현실을 직면하자, 그것의 후위로 괜한 물음들을 하릴없이 늘어뜨리고 말게 되는 것이다. 나는 정녕 뒤로 물러난 것인가 하고. 나는 나를 후퇴시킨 것인가 하며. 나는 무엇이 무서워 그리 뒷걸음질 친 것일까 하고 나에게 묻게 된다. 분명 나는 느리더라도 계속해서 조금씩 그렇게 성장하고 있는 것이라 여겼건만, 나는 어째서 뒤로 물러나 타인의 뒤통수도 아닌 나의 뒤통수를 응시하게 된 것일까. 그 물음에 몸이 덜컥 멈추어 선다. 멍해지는 정신과 흐려지는 시선과 달리 또렷이 보이는 과거의 뒷모습에 시선을 한참 놓지 못하게 된다.

내가 나를 질투함과 동시에 열등감을, 지긋한 패배감을 느끼고 만다. 나는 왜 나아가지 못하고 뒤로 물러난 것인지에 대해 이유를 찾고자, 오래도록 제자리에서 벗어나지 못하고 한숨을 폭폭 날리게 된다. 현재에 충실하기에 내가 맞닥뜨린 막막한 나의 모습과 그 마음에 집중하게 되는 것은 알지만, 일단은 그 갑갑한 마음을 멈추고 찬 바람에 나를 환기 시켜보며 머릿속을 비워보기를 권유한다.

성장이란 원래 직선이 아닌 완만한 곡선의 모양을 띠고 있기에, 오르막의 가파른 경사의 모습을 드러내다가도 어느 구간에서는 속도를 늦추더니 고꾸라지며 내려가는 형태를 드러내는 법이다. 미끄러지는 형태의 내림막의 구간에서 느껴지는 추락감에 순간 당혹스러워하게 될 테지만, 너무 긴장하지만은 않아도 된다. 이것은 일종의 반동이니. 힘입어 도약하기 위해 비탈이 지는 것이니. 이것은 그저 더욱 멀리 뛰기 위한, 도움닫기를 위한 퇴보인 것이다.

그러니 제자리에서 맴도는 것은 그만두고, 나의 뒷모습을 얼른 쫓아가 어깨를 붙잡고 돌려세우자. 이미 내가 한 번도 달한 곳이기에 쫓아 따라잡기란 쉬운 법이니. 그리고 그런 나를 가로질러 더 먼 곳의 풍경까지 그렇게 계속 나아가라.

출렁이는 현재에도 나는 나에 임하는 것이다.

동요하지 않을 수는 없는 생이다. 그렇기에 요동치는 현실에 나는 잘게 떨고는 한다. 하지만 그럼에도 술렁일지언정 내가 할 수 있는 최선을 다해보는 것이다.

내가 나아가야 할 앞의 방향을 명료히 하고, 매서우리만치 고요하게 앞을 꿰뚫어 보며, 거센 현실에 몸을 떨면서도 빳빳이 고개를 쳐든 채로, 그렇게 나만의 하루를.

그리고 그런 하루가 모여 누구도 나를 뒷걸음질 치게 만들 수 없는 단단한 내가 완성된다고.

3월

아침이 분주해지는 3월입니다. 삼삼오오 모여서 등교하는 학생들. 바삐 걸음을 재촉하는 어른들. 재잘재잘 목소리 높이며 뛰어가는 아이들. 유독 3월의 아침은 요란스럽게 느껴집니다.

그게 영 나쁘게 느껴지는 것은 아닙니다. 드높이는 태동의 틈바구니 속에 나 또한 담겨 박동하고 있음을 세상에 전하니까요.

오른손을 왼편 가슴께에 가벼이 올려보고 나의 박동을 전하며 묻습니다. 당신의 박동은 어떻습니까. 어떤 울림을 전하고 있습니까. 당신의 분주함은 세상을 향해 무슨 소리를 내나요.

포커싱

"앞이 제대로 보이지 않아."

"집중해.

네 등을 쓰다듬는 내 손의 형체를, 온기를.

그것에 집중해."

선은 자꾸만 껌껌한 굴을 찾아 나섰다. 그렇게 찾아낸 굴에 기쁘다는 듯 버선발로 뛰쳐나가서는 홀로 꽁꽁 숨어 들어가는 사람. 자꾸만 타인을 기피하며, 세상에서 벗어나 자신을 고립시키고자 했던 사람. 처절한 그 몸짓에 난 그를 돌려세워 이렇게 물었다. 왜 자꾸만 도망치느냐고. 왜 자꾸만 이렇게까지 지독스레 소외를 자처하느냐고. 그러자 선이 말했다. 기억이 현실에 자신을 묻혀 상을 어지른다고. 곪은 상처에서 배어 나온 진물로 제 앞에 놓인 사람이 덮여져 가려진다고. 너 또한 마찬가지라며, 똑바르게 사람을 볼 수 없는 자신의 왜곡된 시야를 자신이 견디지 못하겠어서 그 누구도 보지 않고자 도망치는 것이라고 답해왔다. 그때는 나 또한 어렸기에 그 참담한 답에 어떤 대답조차 해주지 못하고 입만 두어 번 씰룩이다가 그 손을 놓고야 말았다.

시간은 흘렀고, 선은 홀로 굴에 들어설 때만치 담담하게 스스로 밖을 빠져나왔다. 그리고 그 모습을 내 눈에 담은 지도 한참인 지금에서야 난 답을 찾았다.

선, 나 답을 찾았어. 네가 두고 간 말을 아주 여러 번 쥐어보고 놓기를 반복하다가 해묵어져, 그것이 낱글자로 조각나 여러 번 재조합하기를 반복한 이제서야 답을 찾았어. 답은 포커싱이야.

집중해. 만일 네 시야가 침체된 슬픔에 상이 어지러져서, 앞에 놓인 것이 사물과 사람의 형체인지도 구분하지 못할 때에는 다른 너의 감각에 집중하면 되는 거야. 촉각으로 너를 어루만지는 손길에서 어려있는 온기를 느껴. 후각으로 네게 꽃을 안겨주며 너의 행복을 바라주는 희망을 느껴. 청각으로 네게 달콤함을 속삭이는 어떤 말보다는 네 곁을 지켜주는 작은 숨소리를 느껴. 그것들에 집중하면 네가 앞을 볼 수 없어도 사람을 알아볼 수 있어. 너의 사람을 알 수 있어.

　늦은 답이 되었지만, 선, 이게 나의 대답이다. 그리고 이
대답이 또 누군가에게 늦지 않은 대답이 될 수 있기를 바라
본다.

당신의 손짓이 차양이 되어 쪼개지는 빛을 만드는 장면이,

아득한 웃음소리가 화면을 가득 메우는 장면이,

저무는 태양 빛에 주홍 물을 들이는 얼굴의 장면이,

녹아내리는 밤에 반짝이는 눈이 별을 간직하는 장면이,

손에 새겨진 손금의 길을 따라 고요히 겹치는 손의 장면이,

구태여 눈이 흘겨지는 장면보다는

나의 하루 속 장면이란 이토록 단순명료한 환희로 가득하
도록.

그렇게 초점을 맞춰,

그렇게 상을 담아서,

상영해 보는 나의 아름다운 생.

나의 크레이프 케이크

"어쩌면 나는 나를 크레이프 케이크처럼
평생토록 쌓아 올리는 것은 아닐까."

"그렇게 나를 쌓아 올리는 데에
특별한 이유가 있어?"

내가 사랑하는 크레이프 케이크. 겹겹이 쌓인 크레이프를 한 장 한 장 떼어봅니다. 제일 윗면에 놓인 한 장은 오늘의 나를 이야기하고 있습니다. 표면 부분 부분마다 사람에 의해 검게 그을려 변모한 자국을 가지면서도 자신을 용케도 오그라뜨리지 않고, 익숙하게도 자신을 평평하게 펼치는 겉 모양새를 가진 강직한 한 장입니다.

한 장을 떼어봅니다. 그 밑에 한 장은 어제의 나를 이야기하고 있습니다. 오늘에 가려 감추었던 그늘을 간직하면서,

제 그림자에 숨어있다 자신도 모르는 새 힘이 풀려 비틀하더니 결국 자신의 한 부근을 구기고 마는 모양새를 가진 대견한 한 장입니다.

또, 한 장을 떼어봅니다. 또 밑의 한 장은 더욱 어제의 나를 이야기하고 있습니다. 오늘과 어제의 것과 달리 어떤 그을음도 구김도 없이 설익은 보드라운 색을 띠는 유약한 모양새를 가진 한 장입니다. 계속해서 한 장, 한 장, 나를 구성하는 여러 장의 나를 바라봅니다.

크레이프 케이크를 한 번 푹 담아 입에 넣어봅니다. 쌉싸름하면서도 달콤한, 부드러우면서도 묵직한 맛. 입안 가득 팽배하는 맛에 난 웃음을 짓게 되는 것입니다. 내가 마지 못해 사랑할 수밖에 없는 단 하나의 크레이프 케이크. 내가 쌓아 올린 나라는 크레이프 케이크.

"내가 계속해서 나를 만들어가는 거야.
나는 나를 쌓아 올려 현재의 나를 만들어내.
그렇게 쌓아 올려 내 형체를 더욱 돈독히 해."

"계속 쌓다 보면 어떤 한 일면이 도드라질 수 있고,
또 계속 쌓다 보면 어떤 한 일면이 덮어질 수 있어."

"그렇게 내가 나를 점점 완성해 가는 거야.
오늘의 나를 그렇게 완성하는 거야."

"내일의 나는 또 어떤 모습을 표방하고 있을까.
그리고 내일의 너는 또 어떤 모습이 될까.
난 그런 궁금증으로 내일을 기대하며
오늘도 나를 쌓아 올려봐."

당신의 기원에게

난 당신의 하루가 궁금합니다. 오늘 하루는 어땠나요. 하루의 시작 속 맞이한 풍경은 무엇이었나요. 오늘 처음 본 바깥 하늘의 색은 무엇으로 시작하여, 무슨 색으로 물들어 갔었나요. 하루의 마무리 속 놓였던 당신의 손은 어디를 향한채 잠에 들었는지, 당신의 하루가 나는 궁금한 것입니다.

난 당신의 세상이 궁금합니다. 오늘 당신의 세상은 어땠나요. 당신의 세상은 어떤 것을 축으로 감싸며 형체를 움직이나요. 오늘 당신의 세상이 시끄럽지는 않았나요. 어떤 소음이 귀를 괴롭혀 자주 발걸음을 멈추게 되지는 않았는지, 당신의 세상이 나는 궁금한 것입니다.

난 당신의 기원이 궁금합니다. 당신의 하루의 의미를 판별하는 당신의 기원은 무엇인가요. 오늘 당신의 기원이 판별한 하루의 세상은 어떤 의미를 가졌다 말하던가요. 당신의 한 번의 숨에 담긴 의미를 이야기할 줄 아는 당신의 기원이 나는 궁금한 것입니다.

　당신의 행복을 바라 나는 당신을 궁금해합니다.
　그러니 당신의 하루에, 당신의 세상에, 당신의 기원에게 안부를 전해주실래요.

알고 있나요.

하늘의 색은 생각보다 더욱 깊은 짙푸른 색을 드러내고 있다는 것을. 달은 생각보다 당신의 뒤꽁무니를 졸졸 잘만 쫓다가도, 당신이 얼굴을 제 쪽으로 비칠 때 그만 화들짝 놀라서는 구름 속에 몸을 숨겨보곤 한다는 것을. 당신이 야트막한 꿈결 속을 이리저리 배회할 때, 나는 생각보다 그런 당신의 방황이 짧기만을 더욱이 소원한다는 것을.

이 앎으로 당신의 하루가 더 나은 하루가 될 수 있기를.

2장

새까만
파란을
맞이할 때

이제 난 깊이를 가늠하기 힘든 질푸른 파란의 존재를 알고 있다.

길을 잃었다니 봄이란다

청춘의 시기를 가로지른다. 푸를 청에 봄 춘을 쓰는 청춘. 분명 청춘이란 푸르게 피어나는 봄이라 읽혀서, 그곳에 몸을 담그면 막연한 아름다움과 종횡무진하며 나를 열렬히 개화시킬 줄만 알았다.

크나큰 착각이었다. 마음을 시리게 만드는 파랑이 나를 잠식시키는 청춘. 이 청춘의 시기는 까마득한 파란(波瀾)을 간직하고 있어서, 그것 또한 일종의 푸른색에 속한다며 푸를 청 자를 쓰는 것이었다. 나는 그런 바닥 없는 파란에 휩쓸려 자연히 길을 헤매게 되는 것이었다. 정처 없이 헤매다가, 영 이곳을 빠져나갈 수 없을 것 같아 덜컥 겁을 주워 먹고는 소리 높여 외치게 되었다. 길을 잃었다고, 내게 이곳을 빠져나갈 길을 좀 알려달라고. 그러자 돌아온 대답이란 '봄'이었다.

길을 잃었다니 봄이란다. 그러나 누구도 왜 이토록 시린 봄이 존재하는지. 왜 이토록 온몸이 앓는 계절을 봄이라 이름 붙인 것인지 알려주지 않았다. 따사로운 햇살도 만발하는 꽃들도 존재하지 않는 봄. 그런 봄을 저항 없이 만끽함에 들큰한 애처로움이 코를 찔렀다. 코를 마비시킬 것 같은 외로운 향이 목을 조른다. 그제야 이곳이 왜 봄이 되는지, 그중에서도 왜 푸른 봄이라 불리는지 나는 자연히 알 수 있었다.

청춘이란 말은 우리에게 너무도 가혹하다. 청춘이란 어여쁜 말로 우리를 눈속임하고는, 뼛속 깊이 채우는 어릿함에 몸부림치자 이것이 진실된 청춘이라며 말해오는 것은 우리에게 너무도 잔인한 처사이다. 그런 분한 마음임에도 결국 우리가 존재하는 곳은 이미 청춘이다.

파란에 몸이 부서지고, 외로운 향에 취해가는 마음이 존재하는 청춘. 그러나 그곳에 당신 혼자만이 아니라는 사실로 어떤 위로가 될 수는 없을까 하는 그런 작은 공상.

우리, 이 계절을 무사히 건너가 보자. 조금만 덜 외로울 수 있도록 함께 이 계절을 지나가 보자.

나는 나를 볼 수 없어 당신을 봅니다.
당신의 가녀린 팔다리에 엉겨 붙는 봄에
몸을 이리저리 휘적이는 당신의 모습을 바라봅니다.
당신의 앙상한 봄은 당신에 여러 차례 옮겨져서야
제 몸을 부풀리더니 그 형체를 만개합니다.

만연히 당신에게 도래한 봄.
낭만이 된 당신.

묻습니다,
나의 청춘 또한 낭만이 되었습니까.

급류의 탓

"어쩌다가 이렇게 된 거지.
내 잘못인 걸까."

"아니. 어디에도 네 잘못은 없어."

어떤 일은 마치 사고처럼 예상할 수 없이 밀어닥친다. 매일이 예측이 가능한 일로 안온하게 지낼 수는 없는 것인지 갑작스레 등장한 어떠한 일은 나에게 있는 힘껏 부닥쳐온다. 그 일은 나를 일상에서 멱살을 잡고 들어 올리더니 나의 뿌리를 뒤흔들어버린다. 정신없이 나의 근간이 송두리째 뒤집혀지고 나서야 그런 생각이 든다. 도대체 왜, 하며. 내가 무슨 잘못을 저질렀던가, 하고. 그렇게 나에게서 이 일이 벌어진 원인을 찾고자 한다.

그러나 이유란 존재하지 않는다, 더더군다나 나에게서는.

어떠한 일들은 나의 노력과 행동에서 비롯되지 않고, 정말 불운하게도 일어나는 사고와 같이 발생한다. 마치 급류처럼.

우리는 바다를 유유히 헤엄치는 것이다. 그러나 급작스레 발생한 해류에 휩쓸린다면 우리는 우리의 의지와 상관없이 그것에 휩쓸리고 만다. 그렇다면 우리가 휩쓸리고만 급류는 우리의 탓이 되는 것일까. 아니다. 그것은 우리가 예방할 수 있던 범주의 일이 아니다. 그건 그저 일어난 일일 뿐이다. 그러니 사고와 같이 벌어진 일에서 당신을 탓하지 말라. 당신에게서 연유를 찾고자 하지 말라. 내 노력과 내 의지와는 별개로 어쩔 수 없이 밀어닥치는 일 또한 존재하기도 하니.

그러니 구태여 나를 탓하지 말고, 급류에 밀려 폐부가 부풀도록 물을 쥐어 삼킨 나 자신의 등을 두드리며 막혔던 숨을 터뜨리게 해주길. 그리고 나 스스로에게 수고했다고 작게 속살거려주기를.

"억울해.
내 의지와는 상관없는 일이 존재하는 게.
나의 노력과는 달리 비껴갈 수 없는
사고와 같은 일이 존재한다는 게."

"알아. 많이 억울하지.
피할 수 없이 그저 뒤흔들려야만 한다는 게."

"그렇다면 난 누구를 탓해야만 해.
이 갈 곳 잃은 분노와 원망은
어디로 향하게 해야 해."

"급류에게.
급류의 탓으로 돌려.
그리고 휘몰아치던 급류의 물살에
그 감정을 태워 보내는 거야.
그렇게 너를 안식시키는 거야."

곱아가는 몸을 펼치기

몸이 자꾸만 곱아간다. 타인이 툭 내뱉은 말에 손끝부터 곱아가더니, 나를 보면서도 바라보지는 않는 왜곡된 시선들에 천천히 그 면적을 넓혀 굳어가는 것이다. 내가 한 짧은 말 한마디는 어느 순간 크게 부풀려져서는 이리저리 타인의 입방아에 오르내리더니 나를 찧었고, 노란 색안경을 낀 채 나를 본 사람은 내가 노랗다며 나의 모든 행동에 노란 색채를 물들이기 시작했다. 날카로운 세상의 움직임에 난 내가 베이지 않도록 고개를 힘껏 조아리다가 어깨를 잔뜩 말고서 궁핍한 모양새로 쪼그라들고 말았다.

세상은 늘상 이랬다. 내 진중한 의중은 따위가 되고 나를 왜곡하여 내가 나를 곱아가게 만드는 세상. 그렇지만 내가 나로서 떳떳하니 이쯤에서 나는 나를 고운 형태로 유지함으로 진정 나를 돌보아야만 하겠다. 나는 내가 한 말에 담긴 진심을 알고 있으니. 나는 내가 행한 행동에 얼마나 다채로운 색이 묻어 있는지 알고 있으니 말이다.

고운 나의 말과 행동을 위해, 곱아버린 나의 몸을 세상을 향해 활짝 펼쳐주지 않겠어요?

내가 나를 지키기 위해 보초를 선다.

잠에 들면 누군가 나를 괴롭히지는 않을까, 누군가 나를 흠집 내지는 않을까 싶어 내가 나를 지키기 위해 수많은 밤을 경계하며 잠 못 이룬다. 그러나 알아야 한다. 나를 지키고자 한 행동이 결국 내가 나를 다치게 하는 것이란 걸. 결국 내가 날카로이 벼려진 나의 경계를 버티지 못하고, 밀려오는 졸음에 눈을 끔뻑이다가 한밤중 나의 제일 여린 부분을 드러낸 채 허물어지고 말 것이란 걸.

밤에는 잠에 빠지자. 그리고 일어난 아침에 또렷한 정신으로 나를 지탱하자. 오밤중 입혀진 새로운 상처도 수복할 수 있는 활기로, 낮을 벗 삼고 하루를 넘나들 수 있는 생기로, 그렇게 내가 나를 지켜내자.

당신, 그곳에 있습니까

"아무도 없는 것 같아.

아무도."

"여기 있어. 내가 여기 있어."

당신에게 그런 날이 올 테다. 당신 이외에 아무도 없는 것
같은 날. 창문을 열면 사람과 사물이 술렁이며 떠들썩하는
소리가 드높음에도 그것들이 나와 같은 숨을 간직하고 있는
것 같지 않은 날.

당신에게 그런 날이 있을 테다. 이토록 발에 채는 돌과같
이 많고 많은 사람 중에 나를 알아보는 사람이 없다는 생각
으로 심장 깊숙한 곳에서 울음소리가 밀려오는 날.

아무도 나를 모르고, 나를 몰라주는 날. 공허한 마음에 헛

헛한 숨을 밖으로 환기시키고자 하지만, 돌아서 들어오는 허전한 숨에 공연히 내가 홀로라는 것을 더욱 면밀히 알게 되는 날. 그렇게 묻게 되는 것이다. 누구 거기에 없냐며. 누군가 거기에 있기를 바라는 마음으로.

있습니다. 여기에 내가 있습니다. 당신의 물음에 내가 대답합니다. 당신 거기에 있습니까. 당신도 그곳에 있습니까. 그렇게 서로를 확인하는 물음과 안도 섞인 위로.

당신이 그곳에 있고, 난 이곳에 있다. 우리는 여기에 있다. 우리는 우리가 있음을 안다. 그러니 우리는 이렇게 조금은 괜찮은 것이라고.

"내가 있는 이곳은
오후 3시쯤 창가로 들어오는 햇살이 따사로운 곳이야.
집 앞 건널목을 지나면 동네 어르신들이 오순도순
나무 밑 그늘막에서 정겹게 이야기를 나누는 곳.
그러다 불어오는 순풍에 나무의 이파리들이
서로 뒤엉키며 나부끼는 소리가 사라락하고 귀를 간지럽혀."

"넌 어때.
네가 있는 곳은 어떤 모습이야."

4월

완연한 봄의 시기입니다. 봄의 등허리를 어루만지는 시기.

이번 해의 봄은 어떤가요. 벚꽃은 여전히 탐스럽게 맺혀, 하늘을 감추는 장난스런 모습을 보이나요. 나긋한 햇살이 봄을 따끈히 덮어와 꾸벅꾸벅 졸음과 인사시키게 하지는 않던가요. 이맘때쯤이면 포근한 고요함에 사람들과 잠시 동떨어져 그들의 움직임을 구경하면 꽤나 색다른 즐거움이 되기에, 한 번쯤은 뒤로 물러나 그들을 관망해 보는 것은 어떤지 권유 드립니다.

어떤가요. 이번 해의 봄은 청춘과 사뭇 어울리는 봄이 되었나요.

현실을 항해하다

우리의 인생은 항해와 같은 결을 나누고 있다. 한 치 앞을 내다볼 수 없는 바다의 날씨같이, 우리는 감히 예측이 불허한 현실을 살아가고 있다. 망망대해의 풍경처럼 끝없이 펼쳐진 인생의 어느 하루는 마음을 울리는 다정한 모습을 선보이면서도, 어느 하루는 끝이 보이지 않는 아득한 어둠을 드러내 막막한 마음을 섬기게 한다. 모든 날이 순풍을 달고 저 먼 지평선까지 끝을 모르고 질주하리라 믿었지만, 내 뜻대로 되지 않는 바람의 기류에 제자리에 꼼짝않고 머물게 되어 눈물을 머금고 주저앉기도 한다.

우리는 현실을 항해한다. 넘실대는 현실 위를, 이따금 무자비하게 범람하는 현실을 우리는 곧잘 항해하고 있다. 쥐고 있는 방향타는 순순히 우리를 따라주지 않아, 온몸으로 그것을 부둥켜안고 우리가 원하는 방향으로 뱃머리를 돌리고자 갖은 애를 써가며 그렇게 항해를 이어 나간다. 어느 순간에도 우리는 자유로운 항해를 하지 않지만, 나만의 자유를 목적으로 항해를 이어가고 있다.

　나와 당신의 목적지가 정확히 어디에 있는지 언제 도달할지는 모름에도, 오늘도 우리는 닻을 올리고 돛을 펼쳐본다. 우리 각자만의 자유를 향하여. 우리 각자만의 목표를 향하여. 오늘도 우리는 현실을 항해한다.

종종 낯선 파도에 쫄딱 젖은 생쥐 꼴을 하고 만다. 잔뜩 머금은 물을 파드득 떨쳐봄에도 여전히 소금기는 벗어지지 않고, 염분을 머금은 팔에 따가운 결정이 맺힌다. 여전히 물기는 스며들어 있고, 수분을 머금은 머리에 몸을 굳히는 차가운 바람이 드나든다.

허옇게 질려버린 젖은 생쥐 꼴의 너와 나는 이제 익숙하다. 그 익숙함에 어느 날은 이유도 없이 괜스레 웃음을 머금게 되는 것이다. 꼴이 우스워서도, 너와 나를 동정해서도 아니다. 그저 거칠은 하루에 몸 담그는 우리의 모습에 이유 없는 웃음이 샘솟는 것이다. 결정이 따사롭게 녹아내린다. 몸을 타고 흐르는 온풍이 존재한다. 오늘의 파도는 그리 낯설지만은 않아 미소를 띄워본다.

봄에 지독한 열병을 앓아요

청춘이란 어쩌면 겨울과 봄 사이, 간절기의 계절을 부르는 말일지 모른다. 꽃 피는 봄을 샘낸 겨울이 가져온 추위는 유달리 추운 법인데, 그 추위를 질질 끌어 봄의 앞머리에 있는 간절기인 청춘에 가져다 놓는 것이다. 그로 인해 봄을 잔뜩 기대하며 일찍이 걸쳐 입은 얇은 카디건으로는 견디지 못할 추위를 온몸으로 맞이한 우리는 쉽게 열병을 앓게 되는 것이다.

봄에 열병을 앓아요. 금방이라도 베일 것 같은 타인의 말 한마디에 뜨거운 기운이 정수리까지 치고 오른다. 자신들의 잣대로 쑥덕이는 시선에 까끌까끌 거칠해지는 목구멍을 느낀다. 배려 없이 나를 꽉 붙드는 손아귀에 몸이 불규칙한 호흡을 내뱉는다. 앓는다. 우리는 봄에 지독한 열병을 앓는다.

이 열을 떨어트릴 그 흔한 해열제도, 아픔을 잠시나마 잊게 해줄 진통제도 어째서 하나도 존재하지를 않는 건지. 우리는 그대로 그 고통을 매단 채 시간을 보낸다.

일주일에 그치길 바라던 열병은 한 달을, 한 달을 지내고 1년을. 계절을 한 바퀴 돌아 봄에 다시 도착했음도 열병은 쉽사리 떨어질 생각이 없어 보인다. 그저 이 열병에 낯익어 둔감해진 나만 존재할 뿐이다. 자꾸만 고통에 익숙해지고 무감해진다. 문득 닿인 시선 끝자락에 나만치 무뎌 보이는 당신이 눈에 밟힌다.

당신도 이 열병을 앓습니까.

더듬더듬 손을 뻗쳐 당신을 끌어안아 본다. 우리가 서로의 뜨거운 열기를 나눠본다. 한없이 더 뜨겁게 달아오르는 열기가 있다. 이 열기가 우리를 뺀 이 계절의 모든 것을 녹일 수 있기를. 그런 슬픈 열병의 바람이 이곳에 존재한다.

자욱한 생각에 대한 부탁

`

"내가 잘 못하면 어쩌지.

사람들이 나를 싫어하면 어쩌지."

"그만.

너도 알잖아. 일어날 일이 아니야."

유달리 생각이 자욱해지는 날이 있다. 내가 하는 말과 행동에 타인이 잘못된 의미 부여를 하지는 않을까 하며 초조해지는 날. 내가 수행해야 하는 일을 잘 해내지 못해 부정적인 결과를 낳지는 않을까 하고 불안히 동요하게 되는 날. 내현실에 있는 모든 것을 끌어안고 걱정하여, 그런 들썩이는 마음을 따라 좀체 자리에 엉덩이를 붙이고 가만히 앉아 있을 수 없게 되는, 그런 상기되는 날.

그렇다면 당신, 생각하기를 잠시 멈추어보기를 간곡히 바란다.

　당신이 하는 생각은 실존하는 것처럼 자욱하게 당신 앞에
모습을 깔고 있을 테지만 그것은 그저 허상일 뿐이다. 당신
이 손 한 번 휘적이는 것으로 그대로 허공 속에 모습을 감추
어버릴 뿐인 무의미한 생각.
　당신 또한 알고 있지 않은가. 아직 벌어지지 않은 일이고,
벌어지지 않을 일이라는 것을.

　어떤 생각은 자신을 좀먹는다. 당신을 어둠 깊숙한 곳으
로 안내하는 지금의 생각이 그렇다. 땅 밑으로 꺼지듯 존재
하지 않는 바닥을 향해 빠져드는 생각은 당신을 어느 순간
껌껌한 굴속으로 밀어 넣을 것이다. 그렇게 아득한 생각은
당신이 어둑한 굴을 한참동안이나 헤매며 온몸에 수많은 생
채기를 간직하게 되는 모습을 구경하면서 조소를 머금고 있
을 것이다.

　그러니 잠시 그 생각을 멈추어달라. 생각에 깊이 이끌려
서는 누구도 찾을 수 없는 암암한 어딘가로 당신이 빨려 들
어가지 않기를 난 깊다랗게 바라고 있다. 그러니 지금은 그

저 분명한 사실 하나만 기억하면 충분한 것이다. 아직 일어
나지 않은 일이고, 일어나지 않을 일이다.

　지금의 당신에게 필요한 생각은 그뿐이다.

"생각을 멈출 수 없어.
나도 생각하고 싶지 않은데 자꾸만 부정적으로 생각하게 돼."

"차근차근 되새겨봐.
지금 네가 하는 걱정과 생각은 일어나지 않은 일이야.
그리고 일어나지 않을 일이고."

"어떻게 장담해.
그렇지만 만약 벌어지게 된다면.
그때는 어떻게 해야 해."

"그건 그때 생각해도 늦지 않아.
그리고 만일 그런 일이 발생한다 해도
내가 네 옆에 있는 건 변치 않을 일이야.
지금처럼 내가 네 옆에서 도울게.
그러니 현실에 집중하자.
다가오지 않은 미래보다는 지금 네 옆에 있는 나에게 집중해 줘."

마모되어 가는 나

세상에 나를 표출하면 할수록 나는 마모되어 간다. 세상은 언제고 나를 품어줄 것처럼 살갑게 이야기해 왔지만, 정작 그 품에 들어서자 세상은 나를 깎아내리기 시작했다. 나의 모습 중 자신의 마음에 들지 않는 부분이 있다면 손수 나를 긁어내 주는 상냥하게 잔인한 세상.

세상과 함께하기에는 내가 너무 감정에 치우쳐져 있다며 나의 일부를 허물고, 세상과 발맞추기에는 내가 독창적이라며 나의 일부를 도려내고, 세상과 화합하기에는 내가 몹시도 여리다며 나의 일부를 담금질하는 가혹한 세상이다.

안다. 세상은 수두룩한 타인들과 한데 뒤엉켜 살아가는 곳이기에 나를 최대한 둥글리고 서로를 배려해야 하는 곳임을. 그렇지만 우리는 필요 이상으로 나를 절단하고 살아가고 있지는 않은가. 우리가 서로를 서로로 인정하고, 서로가 존재할 수 있도록 한발 물러섰다면 내가 당신을 당신으로서 사랑하고, 당신이 나를 나로서 사랑할 수 있지는 않았을까.

잊는다. 세상에 품어질수록 우리는 속내를 오래도록 감추어, 그것의 주인인 우리조차 까마득히 나의 속내의 존재 자체를 잊어가고 만다. 혹시 당신 또한 잊지 않았나. 당신이 본연의 당신으로 불렸던 어떤 순간을.

잠시만이라도 앎을 잊어버리고, 잊은 것을 다시 알고, 내가 나로서 당신은 당신으로서 그렇게 한 번 규격화되지 않은 인사를 건네볼 수 있기를 바란다. 그렇게 세상에 의해 마모되었던 우리가 함께할 때만큼은 먼지가 쌓인 나의 진실한 속내를 서로에게 선뜻 꺼내어 볼 수 있기를.

숨이 무겁더라도

　나의 숨이 무거워 자꾸만 가라앉는다. 들여온 숨만큼 바깥으로 내뱉을 뿐인데, 그 과정 속 발끝에 도달한 몇 개의 숨이 옹기종기 모여서는 몸 바깥으로 나가지 않고 자꾸만 나의 속에서 자신을 버티고 있다. 한데 뭉친 숨들은 어느새 부풀려지더니 나를 가라앉힌다. 한발 한발 발을 떼는 행위가 이리도 버거웠나. 자꾸만 어딘가에 엎어지고 싶다. 이 무거운 몸을 가누지 않고 널따란 가슴팍 같은 차가운 아스팔트에 기대어 엎어지고 싶다. 이따금 나의 무게보다 숨의 무게가 더욱 무겁게 느껴져 괜스레 숨을 참아본다. 참다가 참다가 파 하고 터진 숨에, 쿵쾅이는 심장이 제 위치를 알려오는 것을 아찔하게 느껴보는 것이다.

　그런 하루가 있다. 무거운 숨에 몸이 짓이겨져 세상의 바닥으로 잠겨 드는 하루. 이렇듯 간혹 가라앉는 숨에 나의 몸을, 나의 호흡을 떠받치는 것이 버겁게 느껴지지만 기어코 계속해서 숨을 쥐어보는 것이다. 당신의 고단함을 안다. 금방이라도 꺾일 것 같은 당신의 그 기나긴 부지깽이 같은 가느스름한 숨을 안다. 그러나 금방 숨을 관두고 싶은 그 고됨 속에서 알아야 하는 이치가 있다. 어둠이 지나야 새벽이 다가오듯, 가라앉은 것들은 자연히 다시금 떠오르기 마련이라는 이치.

어떤 시기에 우리가 숨의 무게를 견디지 못하고 무거웁게 가라앉을지라도, 매일 화창한 아침을 맞이하듯 우리의 숨이 다시금 떠오를 시기가 찾아올 것을 분명히 알기에 호흡을 계속해 보는 것이라고.

가볍게 공기를 입에 머금어보고 고요히 숨을 내뱉어보는 하루를, 노력을. 우리 그렇게 갸륵한 하루를 더 해보자. 더 숨을 간직해보자.

오늘 집으로 돌아가는 길의 모습은 어땠나요.

한달음에 집으로 도달할 수 있는 일직선의 모습을 지닌 길이었나요. 아니면 제자리걸음 하듯 집의 가장자리를 따라 맴돌며 선회만 하게 되던 방황의 낯빛을 띠는 길이었나요.

당신이 마음 편히 몸져누울 수 있는 집을 찾아 자꾸만 떠돌게 되는 밤에 익숙해지지 않기를. 마음 놓고 쉴 수 있는 당신만의 집에 도착하기까지의 길이 너무 험난하지 않기를. 당신이 하루를 마치고 올곧은 모습으로 마음 편히 집으로 향할 수 있기를 바라봅니다.

5월

감사란 늘 복기해야만 하는 감정이라고 생각합니다. 어떤 감정보다 간편하게 느낄 수 있으면서도, 의식하지 않는 순간 시야 속에 담기지 못하는 감정인 감사.

나는 쉽게도 잊고 살아가고 있습니다. 바깥의 파릇파릇한 초목의 싱그러움, 재잘재잘 지저귀듯 이야기하는 사람들의 말소리, 내 손을 부드럽게 단호히 맞잡아주는 손까지. 그 모든 것에서 얻을 수 있는 활력에 대한 고마움을.

익숙함에 속아 소중함을 잊지 말라는 조언은 또한, 자신이 소중히 여기는 것에 감사를 표하라는 내용과 일맥상통하지는 않을까요. 오늘은 어쩌면 누군가 그 감사를 기다리고 있을지 모를 일입니다. 그러니 오늘은 당신에게 다가가 감사를 표해볼게요.

감사해요, 오늘도 힘내줘서.

각자의 유약함일 뿐

"난 왜 이리 나약할까.

아무도 다치지 않는 말에

난 며칠에 걸쳐 아파하고 말아."

"그곳이 네게 유약한 부위일 뿐인 거지."

사람들은 벌써 저만치 앞서나가 멀어져가는데 아무도 다
치지 않는 말에 나 홀로 베어, 혼자 고통스럽게 바닥에 나동
그라진다. 난 이 고통에 끙끙대며 앓다가 외로이 동떨어지
고는 싶지 않아, 쩔뚝이며 사람들의 뒤꽁무니를 따라나선
다. 왜 나만 이토록 나약한 몸을 가지고 태어난 것인지 나를
책망하면서 열심히 뒤뚱이며 사람들을 뒤쫓는 모습.

그러나 잠시 그 발걸음을 멈추길. 그렇게 허둥지둥 나의
상처를 보살피지 않고 움직임으로, 그 상처는 곪아버려 며

칠을 넘어 몇 달에 걸쳐 나를 괴롭힐 것이다. 그 얄궂은 책망 또한 멈추길. 비단 타인과 나의 모습을 견주어 보게 되는 마음을 안다. 그럼에도 나의 상처와 타인의 상처를 비견해 보는 것은 내 입안을 너무도 씁쓸하게 만들지는 않던가. 상처마저 타인과 견주어 보며 고통을 인내하는 것은 나에게 너무도 몹쓸 짓이 된다.

우리는 모두 다른 사람이다. 모두가 균일한 모습을, 동일한 내면을 표상하지는 않는다. 그렇기에 각자만의 유약함이 존재하는 것이다. 누군가에게 강점이 되는 부위는, 또 다른 누군가에게 크나큰 약점이 되기도 한다. 겉모습에서 같은 상처를 입은 것이라 여김과 달리 그 상처의 깊이를 한 번이라도 가늠해 보기는 했던가. 같은 상처로 보임에도 누군가에게는 생채기일 뿐인 상처는, 또 다른 누군가에게는 뼛속 깊은 곳까지 찔러오는 깊다란 상처가 되기도 한다.

나약한 사람이란 없다. 그저 우리는 각자의 유약함에 몸져눕게 될 뿐이라고.

"네 상처에 자책하지 마.
네 상처에서 네 몫은 그저 아파하고
그 상처가 잘 아물도록 돌보는 것뿐이야."

"상처를 입은 것에 네 탓은 없어.
상처에 대한 질책의 대상은 네 몫이 아닌
네게 상처를 입힌 타인의 몫이니까."

"그러니 감히 네가 네 스스로에게
나약하다는 수식언을 간단히 붙이게 만들지 마."

견고한 지반이 되어

　나는 보았습니다. 당신이 고뇌하고 인내하는 시간은 견고한 지반이 되어, 당신을 단단하게 지지하는 것을 보았습니다. 지금 당신의 발밑은 푹푹 빠져드는 호우 속 진흙 바닥으로 느껴질 테지만, 그것은 종국에 따사로이 내리쬐는 빛에 몸을 말리더니 당신을 지탱하는 단단한 땅이 되는 것을 보았습니다.

　나는 들었습니다. 어떠한 가감 없이 배 언저리의 속에서부터 우러나오는 당신의 산뜻한 웃음소리를 들었습니다. 웃음 한 조각에도 주위를 살피느라 벌어지는 입새를 다물기 급급했었던 소담한 마음이, 종국에 흘러드는 바람처럼 가벼이 나부끼더니 나의 귀를 간질이는 유쾌함이 되는 것을 들었습니다.

나는 느꼈습니다. 당신의 어깨가 가벼운 마음을 대변하듯 활짝 펼쳐져 당신의 웃음처럼 넓은 호선을 그리는 것을 느꼈습니다. 당신을 굳게 짓누르던 무언의 압박에 움츠러들던 어깨가, 종국에 자신을 뭉개오던 것을 훌훌 벗어던지고 자유로워진 몸짓을 감추지 않고 드러내게 되는 것을 느꼈습니다.

나는 종국에 당신이 행복에 다다르는 것을 보고 듣고 느꼈습니다. 그러니 지금의 당신이 그곳에 당도하기까지 스스로를 믿어 의심치 않고 계속해서 앞으로 나아가 주지 않겠나요.

사건의 관성

"이제 모든 게 다 괜찮아야 할 텐데

왜 난 괜찮지 않은 거야."

"관성이 뒤따라서 그래."

사건은 불현듯 찾아와 잔뜩 물먹은 솜마냥 무겁게 나의 몸을 짓누른다. 그리고 시간이 지나감에 따라 뙤약볕에 몸을 말려 물기를 날리듯 그 무게를 점점 비워가는 것이다. 분명히 그렇게 나에게서 떨어져 나간 사건이라 생각했음에도, 여전히 나의 의식은 아직도 사건이 있던 장소에서 제자리를 맴맴 돌고 있다. 사건도 시간도 나를 비켜 지나갔음에도 왜 난 아직 이곳에 머무르고 있는 것인지, 그런 우울에 내가 나를 가두게 된다.

그러나 사건이 예기치 않게 찾아왔듯 나는 사건의 관성을 간과하고 있지는 않은가. 사건이란 것은 관성을 가지고 있어, 나를 쉽게 등 떠밀고는 사건을 목도한 과거에서 사건의 모습이 보이지 않는 아득히 먼 미래까지 나를 밀어 버린다. 그리고 난 아직까지도 그 힘에 의해 밀려나는 중인 것을 간과해버린 것이라고.

나는 사건이란 큰 힘에 의해 아직까지 밀려나, 내가 나로서 몸을 가눌 수 없는 상태인 것이다. 그러니 이렇게 밀려나는 것에 나의 잘못이란 없는 것이다. 그만큼 그 사건이 내게 작용했던 힘이 거대했던 것일 뿐이니. 나는 벗어나지 못한 것이 아닌, 현재에도 그 거대한 사건의 힘에서 벗어나고자 무진 애를 쓰는 중이라고.

그러니 그런 수고스러운 나에게 말없이 포옹하며 무언의 위로를 전해보자.

"그렇다면 난 대체 언제쯤 괜찮아지는 거야.
이 관성은 어디까지 이어지는 거야."

"그건 나도 알 수 없어.
미안해."

"그래도 네가 이 관성에 의해 더욱 먼 미래까지
밀려나지 않도록 나도 애써볼게.
내가 너를 붙들고 끌어안아 일찍이 네가 땅에 발을 붙이고
너 스스로 앞을 향해 걸어갈 수 있도록 노력해 볼게.
그렇게 네가 괜찮도록 애를 써볼게.
그러니까 조금만 더.
조금만 더 함께하자."

멸종을 바라는 마음

자꾸만 멸종을 바라던 날이 있었다.

누구도 피할 수 없는 거대한 운석이 지구로 다가와 세상이 온 마음으로 서로에게 사랑을 부르짖는 날이 다가오기를. 우리의 깊은 곳곳을 스미는 기나긴 빙하기가 찾아와 모두가 함께 뜨겁게 달아오른 안녕을 건네보기를. 예측불허하게 앞에 훌쩍 다가온 멸종을 바라보고는 모두가 화합하여 마지막 카운트를 외쳐보기를. 그렇게 다 함께 융해되어 몇십억 년을 멈추지 않고 팔딱이는 심장이 되기를. 쿵쿵하며 떠오르는 맥박에 지구는 또 한 번 원 없이 생명을 대변하기를.

난 어떤 온정을 바라 무수한 멸종을 불러봤다. 당신은 어떤 온정을 바라 그토록 멸종을 염원했습니까.

외려 여유가 되지 않은 날 우리는 마주할 거야.

외려 드넓은 창공이 달갑지 않은 날 우리는 못다한 진심을 말할 거야.

외려 길거리로 쏟아지는 인파에 너만이 나의 피사체가 될 거야.

속닥이는

감사가,

웃음에,

애정이,

온기는,

그렇게 우리의 멸종 사유는 사랑이 될 거야.

현실을 잠시 망각하기

"떠나고 싶어."

"어디로."

"아무 곳으로. 여기가 아닌 곳으로."

　　문득 떠나고 싶어진다. 이 도시를 가득 메운 매캐한 빛과 소음은 내게 너무도 유해하여 금방이라도 훌쩍 떠나야만 할 것 같다. 이곳에 머무르다가는 자꾸만 빠져버리는 나의 부품을 이곳저곳 흘리다, 나는 된통 고장이 난 어떤 덩어리가 될 것만 같기에. 그래서 나는 덥석 떠나고 싶어지는 것이다. 이 빽빽한 빛이 닿지 않는 곳으로. 속이 텅 빈 울음소리가 들리지 않는 곳으로. 아무도 나를 모르는 곳으로. 아무도 나를 알지 못하는 곳으로.

　　그렇게 도착한 곳에서는 나는 나로 살아가야지. 헐거워지던 나의 몸 곳곳을 단단하게 조여보고 나를 있는 그대로 움직여야지. 삐뚤빼뚤한 모습으로 움직일지 몰라도, 대다수의 타인과 다른 모습으로 다른 말을 뱉을지 몰라도, 나의 있는 그대로로 살아봐야지. 나는 나로 숨을 쉬어봐야지. 그렇게 뜬구름같이 이뤄지지 못할 현실을 그려보며, 현실을 잠시 망각해 보는 것이다.

가끔은 말이다. 아무리 무용한 것이더라도 그저 바라는 마음 하나가 위안이 되기도 한다고. 막연한 꿈이라도 그것이 존재함에 마음속에 잠들어 있는 어린 모습의 나를 달랠 길이 되기도 한다.

그러니 만일, 당신은 당신을 모르는 어떤 곳으로 떠날 수 있다면 어떤 모습으로 살 건가요.

"떠난 곳은 신선한 초목이 가득하면 좋겠어.
아침 일찍이 깨면 들이마시는 숨 사이로
싱그럽고 물기 어린 공기가
내 허파를 가득 채워주면 좋겠어."

"그리고 그날 아침 마주친 다른 누군가에게
산뜻한 아침 인사를 건네는 거야.
일종의 응원이 되는 아침 인사를."

"그렇게 보낸 나의 인사가
누군가의 웃음으로 화답 받고
난 생명이 넘치는 하루를 시작할 수 있게 돼."

"그런 하루가 있는 곳으로 떠나고 싶어.
너는 어때. 너의 하루는 어떤 모습이길 바라."

6월

생각하기 나름이라는 말이 어울리는 6월입니다. 벌써 반년이 흘렀나요, 아니면 아직도 반년이 남은 해가 되었나요.

당신이 어떤 판가름을 내렸다 한들 잠시 마음을 내려두는 건 어떨까요. 어느새 6월이고, 1년에 대한 판결을 예고하기에는 이른 시각입니다. 그저 잠시만 1년의 중도의 하루란 어떤 것인지 바라보고 읊어주세요.

한 해의 중도란 어떤 하늘을, 어떤 지면을, 어떤 사람이 그렇게 존재하는지 조곤히 내게 읊어주시겠어요.

어떤 손은 놓을 수밖에 없어서

　손을 붙잡아 주고 싶었다. 매일 떠오른 태양에 화사해지는 낮이 존재하는 것조차 모르게 만들던 지독한 불안이 무엇인지 알기에. 자꾸만 나의 호흡을 의식적으로 확인하게 만들던 비대한 걱정이 존재하는 것을 알기에. 캄캄한 밤과 같이 어두운 물속으로 잠겨 드는 기분이 어떤지 너무도 잘 알기에. 그렇기에 어둠 속을 허덕이던 누군가의 손을 붙잡고 물 바깥으로 안내하고 싶었다. 그러나 나 또한 물 밑에 자리하고 있어 누군가를 뭍으로 이끌어줄 경황이 없었던 과거. 내 몸을 간수하고 허우적대는 것이 고작이었던 나의 힘. 그렇게 나만이 물 바깥의 육지로 빠져나왔을 때 한숨 돌릴 새 없이 누군가의 손을 붙잡아 주지 못했다는 후회가 나를 괴롭혀왔다.

　그렇지만 이제는 그런 후회로 내가 나를 괴롭히지 않는

다. 내가 행한 행동이 옳은 선택이었다는 것을 이제는 안다. 나는 나이기에 나를 먼저 챙겨야만 한다. 최소한 내가 올곧이 나로서 존재할 수 있을 때 누군가를 도울 수 있는 것이다. 그렇지 않다면 누군가를 돕고자 할 때 그것을 받쳐주는 힘이 부족해 완전한 도움이 되지 못하고 손을 맞잡은 둘 모두가 영영 가라앉게 되는 것이니 말이다. 또한, 누군가가 나의 희생으로 뭍에 올라섰다면, 그 누군가는 진정 기뻐하며 웃을 수 있을까. 되레 그런 희생적 도움으로 뭍에 올라섰음에 고통스러워하지는 않을까.

그러니 나를 챙기는 것이 우선임에 자책은 하지 말자. 나를 보살핀 후 타인을 챙겨도 늦지 않는 법이라고. 내가 그곳을 먼저 빠져나왔기에, 누군가가 물 밑에서 도움을 바랄 때 그 손을 단단히 부여잡고 온 힘을 다해 뭍으로 잡아 당겨줄 수 있는 법이니. 그리고 뭍으로 나온 누군가에게 젖은 몸을 말리는 법도, 가볍게 숨을 쉬며 살아가는 법도 알려줄 수 있는 법이니.

그러니 가라앉은 당신의 손끝은 주저하지 않고 햇빛이 조각나 반짝이는 수면 위로 줄곧 향하면 되는 것이라고.

나는 아파요

성수는 특별함을 싫어했고, 아픔을 드러내는 것이 끔찍한 약점이 되리라 생각하는 사람이었다. 어느 날 그는 별이 점점이 떨어지듯 수 놓인 밤하늘을 응시한 채 내게 말해왔다. '내가 아픈 곳을 드러내면 사회는 나를 낙인찍고, 나에게서 타인을 격리시켜. 그렇게 난 사회에서 특별함을 간직한 사람이 돼. 그리고 난 특별하게 도태되기 시작하는 거야.' 사회란 냉혹한 짐승의 세계와 같은 법칙을 공유한다며. 아픔을 가진 객체는 무리에 섞일 수 없는 특별함을 지녔다 여겨져서 결국에는 무리에서 괴리되는 것이라고. 나는 노곤히 말해오는 그의 말을 들으며, 그의 시선 끝에 닿은 것 같던 조그맣게 동떨어진 작은 별을 눈에 들였다.

성수는 자신의 아픔을 드러내면 찾아올 특별함이 싫었으리라. 그래서 자꾸만 자신이 아플 때면 별것 아닌 양 호기로운 웃음을 드러내는 사람이 되었을 테다. 그러던 어느 날은 무르팍을 찧어 작은 멍이 생긴 성수가 길 한복판에서 가슴을 쥐어뜯으며 울음을 토해냈다. 피도 나지 않던 아주 작은 상처에 도저히 절제할 수 없는 슬픔을 게워 내기 시작했다. 성수의 둥이 난 웃음통 안에는 그동안 드러내지 못했던 울음들이 켜켜이 쌓여있었다. 여러 갈래의 감정에서 비롯되었던 슬픔이 한곳에 뒤섞여 썩어 드는 냄새는 그 근방의 사람들을 모두 화들짝 놀라 뒤돌게 만들기 충분했다. 꽉꽉 눌려 죄 뭉개져서는, 형체를 알 수 없게 된 슬픔은 둑이 터지듯이 자신의 몸을 배로 늘려 모습을 형용했다. 나는 아파요. 나는 왜 애를 썼는데도 아파요. 왜 나는 아파야 하나요. 더는 누를 수 없어 터져 나온 원망 섞인 여린 마음에 나는 고작 함께 울어주는 것밖에 할 수 없었다. 그렇게 성수는 자신의 고통을, 슬픔을, 그 해가 바뀌도록 게워 내야만 했다.

어쩌면 슬픈 아픔을 드러내는 것은 정말로 사회에서 나를 격리시키는 특별함이 될지도 모른다. 그러나 드러난 아픔에 그 고통을 짐작할 수 있는 우리가 존재한다면, 더 이상 누군가가 도태되어야만 하는 특별함이 존재하지 않게 할 수 있지는 않을까. 그 점이 바로, 마냥 냉혹하지만은 않은 사람의 사회 아니던가.

　당신의 주위에 우리가 존재하니 조금은 당신 스스로가 솔직하게 아프다 말할 수 있는 날이 오기를. 나 또한 당신의 그 고통을 짐작해 보며, 당신의 내일이 덜 아플 수 있기를 그렇게 바라볼 테니.

하루쯤은 괜찮잖아. 나에게도 너에게도 솔직한 하루쯤은.
하루쯤은 우리 몸 이곳저곳에 잔뜩 고여둔 힘은 내려두
고, 그저 풀어헤쳐진 마음을 겹쳐보며 어디가 닮은 구석이
있는지 이야기해 보는 것도 괜찮지 않을까.

3장

이 서투른
사랑도
청춘이 된다고

서투른 이 마음도 사랑이라고, 청춘이 된다고 말해주시겠어요.

이 마음은 사랑이 될까

자꾸만 나에 대한 확신을 잃게 만드는 것이 사랑이지 않을까요.

난 당신을 사랑함에 모든 것이 물음표로 종결되는 문장을 가지게 됩니다. 첫 물음표는 이렇습니다. 당신 앞에서 자꾸만 어설프게 행동하는 내 어리숙한 모습에 나는 나와 낯을 가리게 됩니다. 훌쩍 커버린 머리통을 이고 있는 지금에서 발견한 나의 낯설고도 새로운 순진한 일면에, 내 본연의 모습이란 무엇인지 자신에게 자꾸만 질문하게 되는 것입니다.

두 번째 물음표는 이렇습니다. 당신이 지은 한철의 웃음에 이토록 요란스레 와릉대며 나앉는 심장은 어찌할 바를 몰라서, 괜히 나의 입꼬리를 자꾸만 비틀거리게 만드는 것입니다. 비죽대며 거듭거듭 솟구치는 입꼬리를 들키지 않고자 나는 당신 앞에서 안간힘을 써봅니다. 자꾸만 내 말을 듣지 않는 몸뚱이에 난 이 몸의 주인이 맞는 것인지 자신에게 질문하게 되는 것입니다.

세 번째 물음표는 이렇습니다. 나와 보낸 시간이 즐거워 당신이 웃음을 지은 것일까 아니면 그저 부드러운 마음씨를 가진 당신이기에 내게 웃음을 베풀어 준 것은 아닐까, 하는 심장을 선득하게 하는 그러한 질문.

난 내 속의 당신을 되풀이하며 조심스레 당신의 답을 조각해 보다 그만 지쳐 잠에 빠지고 맙니다. 그렇게 잠에 빠지기를 수십 번 반복했음에도 모든 것이 오답으로 느껴져 난 당신의 답을 감히 형상해 낼 수 없었습니다. 사랑에 빠지면 난 왜 이리 자신을 잃고 마는지. 내가 나인 것 같지 않아 자신을 잃고, 내가 나라서 자신을 잃고 맙니다.

이제는 발음하고자 입을 뗌에도 절로 신물을 일으키는 단 하나의 물음이 남았습니다. 당신을 향한 이 미흡한 마음을 꺼내는 것에 한참 주저하게 되었음에도 떨리는 음성으로 묻습니다.

나의 이 마음은 당신에게 사랑이 될까요.

당신의 맥락이 되기를

"내 말과 행동의 이유는 그 사람이라
나도 그 사람의 이유가 되면 좋겠어."
　　　　"서로가 서로의 이유가 된다면
　　　　　　패 낭만적이겠다."

아주 소소한 일상 속 나의 말과 행동 전반의 이유에는 당신이 있다.

간식거리를 사기 위해 간 편의점에서 지금껏 마셔본 적 없던 당신이 좋아한다던 음료가 눈에 밟혀, 괜히 그것을 사 들고 새로운 맛에 도전하게 된다든지. 유독 강렬한 햇빛을 가진 날 그 햇빛에 눈이 부셔 작게 콧잔등을 찌푸리는 당신의 모습에, 당신의 눈이 한결 편해질 수 있도록 손을 들어 작은 차양을 만들어보는 내 나름의 노력을 한다든지. 이제는 잠에 들어야 할 한밤중 찾아온 당신의 시답지 않은 문자에 답을 반복하느라 뜬눈으로 밤을 지새우는 비합리적인 선택을 기꺼이 감수한달지. 그렇게 내가 좋아하는 당신은 나에게 여상히 낭만적인 맥락이 되어 나를 움직이는 이유가 되었다.

당신은 알 수 없게도, 내가 당신을 좋아한다는 감정을 필두로 나에게 수많은 이유가 되어주는 당신이기에 나 또한 당신의 맥락이 되고 싶어지는 것이다.

당신 또한 나를 좋아하기에 당신의 하루 곳곳에 오밀조밀하게도 나라는 이유가 자리할 수 있기를 바라고. 당신 또한 나를 좋아하기에 당신답지 않은 행동의 맥락의 끝에 내가 존재할 수 있기를 바라는.

오늘도 나는 내가 좋아하는 당신의 낭만적인 맥락이 되고 싶다는 욕심을, 당신을 이유로 부려본다.

"혹시 그럴 수는 없을까.

나는 나의 하루의 모두를 너로 구성할 테니

너도 너의 하루의 모두를 나로 구성해 줄 수는 없을까?"

"나는 나로 시작해서

너로 귀결되는 하루를 보내고,

너는 너로 시작해서

나로 귀결되는 하루를 보낼 수는 없을까?"

"내가 너를 좋아하고

너는 나를 좋아하는 관계가 될 수는 없는 걸까?"

감정의 상대성

　감정에도 상대성이 존재한다. 내가 가질 수 있는 마음의 최대치가 100인 경우, 누군가를 사랑할 때 50의 양으로 사랑하고 있다고 생각해 보자. 그리고 그 사랑의 대상자가 가질 수 있는 마음의 최대치가 10인 경우, 나를 사랑할 때 9의 양으로 사랑하고 있다고 생각해 보자.

　표면적으로 드러난 부분만 살폈을 때에는 분명 나의 사랑이 두드러지게 크다고 생각될 것이다. 그러나 본인이 가질 수 있는 마음의 최대치를 알게 된 후라면, 난 상대에게 고작 절반의 마음만 주는 사람이 될 테고, 상대는 자신이 할 수 있는 온 힘을 다해 나를 사랑하고 있는 사람이 될 것이다.

　사람은 각자만의 성격과 특징을 가지고 있듯, 감정을 담아낼 수 있는 그릇 또한 다양한 모습으로 존재하고 있다. 그리고 그것의 대상에는 사랑을 담는 그릇 또한 비켜나갈 수 없는 것이다. 나의 사랑과 상대의 사랑의 크기를 자꾸만 곁눈질하며 비교했을 때 낙심하게 된다면, 감정의 상대성을 기억하고 상대가 상대 나름의 최대의 사랑을 표현하고 있는 것은 아닌지 톺아보는 것은 어떨까.

어쩌면 난 최고에 다다른 최선의 사랑을 받고 있는 사람일지 모르니.

단순한 사랑이 좋다.

직관적으로 드러나는 내 머리 위에서부터 쏟아 내리는 사랑.
딴청 피우지 않고 직선으로 내게 쏘아붙여지는 사랑.
허물을 벗지 않고도 무너지지 않는 단단한 사랑.
사랑이 사랑임을 의심치 않는 방직한 사랑.

외사랑을 의심할 겨를도 없는
그런 단순한 사랑이 좋다.

그런 사랑이 좋아서
그런 사람이 되고 싶다.

누름쇠로 누르는 마음

"내 마음은 정말 진중하다고
어떻게 전할 수 있을까."

"그러게.
마냥 가벼운 마음이 아닌데."

당신 앞에서 자꾸만 몸을 가벼이 하는 이 들뜬 마음을 꾹 눌러봅니다. 불어오는 바람에 나풀대는 강아지풀 마냥, 당신이 좋아서 나부끼는 나의 마음. 무거운 누름쇠로 내 마음을 꾹꾹 눌러봅니다.

나의 마음은 자꾸만 당신을 주인이라 여겨, 먼발치의 당신만 바라보아도 이리저리 살랑이며 둥실둥실 몸을 떠올립니다. 떠오른 마음은 공기 중을 이리저리 부양하더니, 당신의 시선이 제게 닿아오자 몸을 바르르 떨고는 꽁하고 허공에 얼어붙고 맙니다. 순진하고 어리석은 나의 마음.

　이런 나의 마음이 당신의 눈에는 그저 가벼운 마음으로
엿보일까 싶어, 나는 황급히 나의 마음을 잡아채어 지그시
한 번 더 깊게 내리눌러보는 것입니다. 체중을 실어 누름쇠
로 꾹꾹 다져 눌렀음에도 나의 마음은 또다시 둥실하더니
나까지 잡아채어 허공으로 모습을 붕 띄우는 것입니다. 둥
둥 떠다니는 나와 나의 마음이 태연스레 당신의 옆으로 향
함에 너른 이해를 부탁드려도 될까요. 더없이 가벼워 보임
에도 당신 앞에서 성숙해 보이고자 노력했던 나의 시간이
있었음을 알아줄 수 있을까요.

　그저 이런 내 마음이 당신에게 못나게 보이지만은 않기
를. 그렇게 두려워하면서도 사랑해 마지않는 마음이 이곳에
존재한다고.

"내 뜻대로 갈무리되지 못하고 드러나는 감정은
너무도 미숙해 보여서 어린 취급을 받는다는 걸 앎에도
그럼에도 도저히 어쩌할 수 없는 마음이 존재하다는 걸 알아."

"그중에서도 특히나 사랑이."

"내가 누군가를 사랑함에
나의 마음을 전전긍긍 감추고자 해보아도
사랑은 탄로가 나야 한다는 법칙이라도 가지고 있다는 듯
결국 내 마음은 들통이 나."

"그렇게 다음에는 조금 더 성숙하게
조금 더 나의 마음을 잘 숨겨봐야지 하지만
여즉, 다짐을 무너뜨리고 나를 어리게 만드는 것이 사랑이더라."

더 나은 사람이 되고 싶어

당신은 아마 영영 모를 테다. 나의 어깨에 기대어 곤히 잠든 당신이 작은 잠투정으로 눈썹을 움찔이는 모습에 난 어떤 벅찬 감사를 느끼곤 한다는 것을. 당신은 여전히 모른다. 싱싱한 풀 향이 채 사라지지 않은 딸기를 한입 베어 물고, 단순하게도 행복한 미소를 짓는 당신의 모습에 난 어떤 벅찬 만족감을 느끼고는 한다는 것을. 당신은 여전히 모를 테다. 당신이 나의 성장을 촉발시키는 대상이 된다는 것을.

그런 사랑이 있다. 나 자신을 위해서가 아닌 내 사랑의 대상이 되는 당신을 위해 더 나은 사람이 되고 싶게 만드는 사랑. 이 마음을 간직하기 위해 작용하는 어떤 특수성은 따로 존재하지 않는다. 그저 나에게 있어 당신의 삶이 나보다 더 숭고한 생이라 여겨지는 것뿐이다. 그런 귀중한 당신이 내가 당신의 곁에 머무를 수 있도록 허락해 준 것에 감사를 느끼는 사랑.

그래서 난 당신에게 있어 더 나은 사람이 되고 싶어진다. 내가 당신에게 걸맞은 사람이 될 수 있도록, 난 오늘도 더 나은 사람이 되고자 노력하며 산다는 것. 이렇게 내가 누군가를 위해 성장에 욕심내는 마음을 가질 수 있다는 것을 알려줘서 고마운 당신.

그렇게 당신을 향한 나의 사랑은 나를 성장시키는 촉진제가 된다. 나의 성장을 알게 모르게 도모해 주는 당신이란 사랑의 존재에 까마득한 감사를 오늘도 전해본다.

7월

    지면 위의 모든 것을 적시는 우기가 다가옵니다. 조만간 세상은 온통 수조에 담긴 것마냥 추적한 색의 낯빛을 띨 겁니다. 애태우는 빗방울을 온몸에 흘려보내며, 자신의 색채를 잊고 깡그리 식어가는 세상.

    그러나 난 이미 우기의 정점에 서 있습니다. 나의 세상은 당신을 중심으로 모두 연관 지어지더니, 온 곳곳이 쑥스러움을 내비치고 하늘마저 제 볼을 붉히고는 어쩔한 주홍빛 비를 세상에 내리는 것입니다. 수줍은 색을 머금는 세상. 그러나 나의 세상은 영 식을 기색을 드러내지는 않는 것입니다. 지면은 비에 듬뿍 적셔졌음에도 달음박질치는 심장이 실어 나른 혈액이 흘러 닿는 것마냥 자꾸만 모습을 번쩍번쩍하더니, 제 것의 온도를 상실하고는 뜨겁게 열을 올리는 겁니다.

    식지 않는 나의 7월, 나만의 주홍빛 우기.
    당신이 나의 이른 우기입니까.

사랑이 아니길 바라는

"내가 사랑받고 있어서,

　오히려 그게 슬퍼질 때가 있어."

　　　　　　　"그만큼 너도 그 사람을

　　　　　　　　소중하게 생각하니까."

　난 이따금 보다는 많이, 종종 보다는 적게 내가 당신의 사랑이 아니길 바랄 때가 있다. 나는 당신이 알다시피 외로움을 달고 사는 사람이라 홀로가 되는 것을, 일방적으로 사랑하여 끝을 겨우겨우 유보 시키는 외사랑을 사무치게 두려워하면서도 내가 당신의 사랑이 아니길 바라기도 한다.

　사랑이 좋다. 내가 사랑하는 당신에게 받는 순도 높은 사랑이 너무도 좋다. 당신의 사랑의 대상이 나임에 난 걱정 없는 해맑은 어린아이같이 매일이 뛸 듯이 기쁜 것이다. 그렇기에 동시에 두려워진다. 사랑하기에 깊은 상처를 입을 수도, 상처를 입힐 수도 있는 것을 알기에.

사랑이 무섭다. 사랑이란 나를 단단히 에우던 방벽을 허물고 연한 살결의 심장끼리 맞닿게 하는 것이다. 서로의 심장 고동 소리를 맞춰가는 사랑. 그렇기에 당신의 심장을 결성하는 신념이 무엇인지, 당신의 유달리 무른 부위께가 어디인지 난 자연히 알게 되는 것이다. 나를 지키던 수단을 헐벗고 이미 간극 없이 맞닿아 있는 우리이기에, 내가 당신에게 상처를 입힌다면 그것은 큼직한 흉으로 남을 짙은 상처가 되기에 충분하다.

그래서 난 무서운 것이다. 혹여 당신을 염려한 나의 조심스러운 손짓이 당신에게는 심장 바닥 끝까지 파고드는 내상이 되지는 않을까 두려운 것이다. 모든 것을 내려놓았기에 심약해지는 사랑. 난 당신으로 상처 입어도 좋다. 그러나 당신이 나로 인해 아프지 않길 바라, 당신이 나를 사랑하지 않기를 바라기도 한다고.

어떤 염려는 나만의 외사랑을 절실히 외치게 만든다는 것을 난 당신을 통해 알게 되었다.

"내가 아픈 것보다
그 사람이 아픈 게 더 힘들어.
차라리 내가 대신 아플 수 있다면 하고,
차라리 그 사람이 겪을 평생 분의 고통을
내가 앗아올 수 있다면 좋겠다는,
그런 어릿한 마음이야."

"그 사람도 너와 같을 거야.
홀로 2인분의 고통을 짊어지길 바라는 마음.
네가 아픔이란 것은 영 모르는 채로
웃음만 피워둔 채 살아가길 바랄 거야."

"그러니 그저 서로가 아플 때면
곁을 함께 함으로
그렇게 서로의 위로가, 힘이 되어주면 돼."

어리석음을 자처하는 마음

어느 날의 난 진창이 가득한 길에 고꾸라져 몸을 갈팡질팡하고 있었다. 입안으로 밀려드는 진흙 덩이에 텁텁한 숨을 꼴깍이며, 잠겨 드는 황톳빛 세상에서 멀어져 보고자 고개만 이리저리 가누어보는 어렴풋한 생을 겨우겨우 유지해보고는 했다. 그러던 얄팍한 나의 시야 속으로 웅크려진 네 뒷모습이 와락 쏟아져 들어왔다. 길 위에 얄밉게 솟아난 돌부리에 걸려 넘어진 것인지, 너는 작게 까진 손바닥을 부여잡고 엉엉 울음을 짓고 있었다. 내게는 그 모습이 제일가는 기겁스런 현실이 되는지라 온 힘을 다해 진창에서 몸을 아등바등거리기 시작한 것이었다.

당신을 넘어뜨린 저 돌부리가 너무도 원망스럽게 느껴졌다. 묽은 더위에 맺히는 작은 땀방울 마냥 당신 손바닥에 맺혀있는 망울진 핏방울이 가혹하게 느껴졌다. 당신이 쏟는 눈물이 더없이 나의 뇌를 차갑게 식히고 더없이 나의 심장을 태우는 것이었다. 그래서 나는 땅바닥에 엎질러지는 내 몸을 일으키는 법을 배우기도 전에, 당신을 붙잡고 도망치는 법을 배우고자 했다.

내가 표류하는 현실보다 당신이 항해하는 현실 속 파도가 더욱 난폭한 것으로 느껴지기에. 희박한 산소가 떠다니는 나의 세상보다 사레를 들리게 만드는 꽃가루가 떠다니는 당신의 세상이 더욱 험악한 것으로 느껴졌기에. 내가 사랑하는 당신의 고통은 내게 있어 솟아날 구멍 없는 무너지는 하늘이 되기 충분하기에. 그렇기에 나는 위태로이 비틀거리는 나의 몸뚱어리를 이끌고서라도, 당신의 손을 단단히 부여잡은 채 당신보다 앞서 당신의 세상을 가로질러보고자 했다.

나의 불온한 세상보다 가냘픈 당신의 세상을 중요시하는, 그런 어리석음을 자처하는 눈먼 사랑일지라도 이곳에 후회란 없으니 이 순간은 오롯한 사랑으로 기록될 것이다.

너의 길 앞에는 항상 내가 존재할 수 있기를 바란다.

나는 네가 잠든 새 몰래 네 길을 먼저 걸어보다 울퉁불퉁한 길 위에서 너를 향한 위험의 가능성을 솎아보고는, 네가 걱정 없이 길을 거닐 수 있도록 길을 평탄히 고르게 만들어보는 것이다. 그렇게 낮이 오고 네 발이 딛는 곳마다 닿아오는 고운 길에 넌 별다른 앓음 없이 네 목적지에 다다를 수 있기를 소원하는 것이다. 나의 노력은 일절 알아채지 못한 채 그렇게 한발 한발 너의 길에 오르기를.

그리고는 항상 네 앞에 있는 내게 몇 번이고 당도할 수 있기를.

마음을 접을 수 있다면

마음이 종이와 같다면 얼마나 좋을까.

당신을 향한 이 널따란 마음이 들키지 않도록 꼬깃꼬깃 접어다가 주머니에 넣어 감출 수 있다면 얼마나 좋을까. 당신은 당신을 향한 나의 마음이 숨겨져 있는 것을 영 눈치채지 못하고, 그저 당신에게 친절한 사람이라는 명목하에 나를 제 옆에 둘 것이다. 난 그런 당신의 옆태를 가까이에서 매일같이 곁눈질하다가, 어느 때 이른 밤 속에서 남몰래 당신을 마음에 앉혀두고 온 마음을 다해 애열해 볼 것이다.

당신이 내 마음의 크기를 물어올 때 나의 마음을 당신에게 직접 보여줄 수 있다면 얼마나 좋을까. 내 마음의 크기를 물어온 당신의 질문에 난 기다렸다는 듯 작게 뭉쳐두었던 나의 마음을 활짝 펼쳐내 당신을 놀라게끔 할 것이다. 우리

머리 위의 하늘을 가릴 듯 광활히 펼쳐진 내 마음에 짧게 환호하며 기뻐하는 당신의 모습을 나는 감미하다가, 매일 같이 나의 마음을 아득히 펼쳐서는 당신을 내 안으로 따스히 품어보고자 할 것이다.

　당신이 안녕을 전하며 뒷모습을 보이고 내게서 멀어져갈 때 빳빳하게 굳은 나의 마음을 구길 수 있다면 얼마나 좋을까. 당신은 우리의 연결점을 끊어내고 감히 유추할 수도 없는 저 멀리 어디론가로 향해버린다. 나의 마음은 벽을 세워 사방을 온통 뒤덮더니 그곳에 나를 가두어버려서는 차마 난 당신을 뒤쫓지도 이곳을 벗어나지도 못하는 모양새가 되고 만다. 어느 곳에도 당신을 향한 마음으로 가득한 이 골방에서 나는 당신을 그려보며 메말라간다. 이렇듯 당신에게 굳혀진 완고한 나의 마음을 단숨에 구기고 나 또한 나의 길을 향할 수 있었다면, 그렇게 단선적인 마음이 될 수 있었더라면 나와 당신 우리 모두가 온건한 결말을 맞이할 수 있었을까.
　아니면 우리가 조금 더 쉬운 사랑을, 조금 더 많은 우리의 이야기를 이어갈 수 있지는 않았을까.

8월

분명 내게 여름이란 푹푹 익어가는 더위에 모아둔 한숨을 터뜨리게 되는 계절이었습니다. 눈부신 열과 빛이 온통 한데 모여 난사하는 쾌청한 하늘을 지닌 계절. 하늘을 익히던 열기가 길에 내려앉아 발가락 끝에서부터 잘게 끓어오르는 열이 작열하는 계절.

분명 꼬박꼬박 내가 잊지 않고 싫어하던 계절임이 분명한데, 여름을 싫어하는 이유를 읊다 보니 그 이유가 퍽 당신을 닮은 것 아니겠습니까.

그래서 난 당신을 닮은 여름이란 계절을 제일 사랑하게 되었다고 전할 수 있을까요.

동경 어린 세상

"그 사람이 좋아하는 모든 것을

닮고 싶어."

　　　　　　　　　　　"네게 사랑은 질투가

　　　　　　　　　　아닌 어여쁜 동경이구나."

　당신을 사랑하니 나의 세상은 동경 어린 세상으로 변모
한다. 나에게 질투나 부러움이란 감정은 어릴 때에나 가지
고 놀던 시시껄렁한 장난감과 같은, 마치 철이 지나버린 어
느 순간의 감흥일 뿐이었다. 나는 누군가보다 앞에 설 자신
은 없더라도 누군가의 뒤로 물러나지 않을 자신이 있는, 내
가 나인 것에 자신이 있던 사람이었다. 그런 내가 당신을 사
랑하니 당신이 아끼는 모든 것이 내 동경의 대상이 되어버
렸다. 이토록 순박하기 짝이 없는 동경이란 감정에 난 몸 둘
바를 모르고 당혹하게 되는 것이다.

당신은 자필로 쓰인 편지를 아끼는 사람이었다. 타인으로부터 자신을 향한 사랑이 시각화된 직관의 형태가 바로 꾹꾹 눌러 쓰인 편지인 것이라며, 당신은 10년이 더 된 편지부터 작은 포스트잇에 쓰인 응원까지 한 데 모아 보관하며 아끼는 모습을 보였다. 난 당신에게 아껴져 네 모퉁이가 닳아 낡아버린 편지의 모습이 부러워 그것을 모방하여, 사랑을 이야기할 때면 담담히 직선의 형태로 당신에게 또렷이 닿을 수 있게 노력해 보는 것이었다.

당신은 작게 움튼 생명을 아끼는 사람이었다. 당신은 크고 화려하게 피어나는 꽃보다는 길거리를 유심히 들여다보아야 발견할 수 있는 소소한 풀꽃을 보며 행복해했다. 난 당신을 행복하게 만드는 사소한 생명이 부러워 그것을 모방하여, 일상의 순간순간 당신의 웃음을 바라며 작은 응원이나 하루의 안부를 더욱 자잘하고 소담스레 전해 물어보는 것이었다.

당신은 창틀에 소복이 쌓이는 눈을 아끼는 사람이었다. 켜켜이 쌓이는 눈의 모습은 변화하는 시간의 흐름을 구경할 수 있게 해준다며, 당신은 나리는 함박눈에 눈을 빛내어 왔다. 난 곧 녹아내릴 뿐이면서 당신의 생기를 북돋는 바깥의 눈이 부러워 그것을 모방하여, 한결같이 당신의 곁에 있음에도 계속해서 나를 변화시키고 성장하는 모습을 보이고자 분투해 보는 것이었다.

적막한 나의 세상에 파문을 일으키는 당신의 세상, 나의 동경. 나의 노력에 당신이 애정하는 나의 동경이 내게 그윽이 담아졌기를 소망해 본다.

"그 사람이 아끼는 것이기에
난 차마 질투조차 할 수 없어져."

"그 사람이 아끼는 것이라면
나 또한 아껴야 하는 것이 맞아서,
그러면서도 내가 더 아껴지기를 바라서,
나는 그 사람이 아끼는 모든 것을
닮아가고자 하는 거야."

"아끼는 그 모든 것과 네가 닮지 않았다 한들
그 사람은 이미 네 모습 그대로를
아끼며 사랑하고 있을 거야."

계절이 숨어 사는 곳

당신의 이름 틈새에 계절이 숨어 사는 걸 당신은 모릅니다.

당신의 이름 낱자에 놓인 자음과 모음의 연결 지점에, 어린 새순과 같은 나긋한 봄이 존재하는 걸 아나요. 좁다란 길목에서 마주한 어렴풋한 생명에게서 얻는 영문 모를 안도감처럼, 나는 당신 이름의 획 사이사이에 옹기종기 자리한 평안을 즐기고는 합니다.

당신의 이름을 발음하기 위해 벌어지는 입술 새에, 이마를 간질이는 바람을 두른 여름이 존재하는 걸 아나요. 어느새 땅을 익히던 따가운 햇빛은 몸을 숨기고, 차오른 밤하늘을 누비는 진한 여름의 바람처럼, 나는 당신 이름을 띄어보며 감각적인 여운을 즐기고는 합니다.

당신의 이름을 분주히 옮기는 혀끝에, 데굴거리는 색색의 낙엽같이 만개한 가을이 존재하는 걸 아나요. 한곳에 모아 둔 낙엽의 산이 풍기는 오색의 아름다움처럼, 나는 당신 이름을 이리저리 굴려보며 빼곡한 사랑스러움을 탐미하고는 합니다.

　당신의 이름 글자 사이 사이에, 포근하게 내려앉은 눈이 있는 겨울이 존재하는 걸 아나요. 큼직하게 제 몸을 불려 소복소복 쌓이는 눈이 세상에 만드는 여백처럼, 나는 당신 이름에 존재하는 틈바구니에 몸을 누이고 휴식을 청하고는 합니다.

　사계절을 품은 당신의 이름이라, 어느 계절이 그리울 때면 내가 당신의 이름을 자주 부르게 되는 것을 이해해 주시겠어요.

봄이 오면 하루빨리 여름이 세상을 물들길 바랐고
가을이 오면 내일 겨울로 세상이 나앉길 바랐다.

그런 외도는 심산을 섬겨보며
오늘도 난 네 이름을 부르면서 계절을 부추긴다.

너는 항상 계절을 물어다 주잖아.
너는 늘상 모두의 계절이 되는 사람이잖아.
너는 사계잖아.

그러니 항시 다음 계절을 바라는 나에게 너는
어떤 부적보다도 강한 힘을 지니고 있어
네 이름을 베어다 물 수밖에 없는 것이잖아.

그렇게 여즉 솔직하지 못한 궁색한 구색.

변화를 도전하게 만드는

변화를 쉬이 도전하게 만드는 것에 사랑만 한 것이 또 있을까. 사랑은 어려운 구석을 간직하면서도 본질적으로는 참 단순한 감정이라 생각한다. 어떤 사랑은 사랑이라 명명할 수 있을까 하고 우리에게 속을 울렁이는 파문을 자아낸다. 반면, 익숙한 누군가가 어느 날 갑자기 평소의 모습과는 사뭇 다른 정반대로 뒤집힌 말과 행동을 보임으로 나를 얼떨떨하게 만들었을 때, 변화의 사유로 사랑을 말해오자 나는 그 대상의 변화를 자연스레 납득할 수 있게 만드는 것 또한 다름 아닌 사랑이다. 그런 천지 차이의 양가적 성질을 띠는 것이 사랑인지라, 사랑을 하는 우리 또한 내 모습을 급작스레 탈바꿈하는 것이 비단 이상한 것은 아니라고 치부되게 한다.

성장에 포함되지 않는 변화는 흔치 않게 존재하는 특수한 것이라고 생각한다. 성장이 아닌 변화의 개체로 가벼운 것에는 입맛이 있고, 묵직한 것에는 가치관까지 존재한다. 그것들은 우리가 장기간에 걸쳐 나를 파악하고 누적시켜, 나의 중심으로 삼는 것들이다. 그런 나의 골조를 사랑이라는 명목 하에 뒤집어보고자 하는 빈번한 시도가 이곳에 존재한다.

나는 영 매운 것에는 면역이 없어서 라면 한 봉지를 먹는 것조차 큰 용기가 뒤따르는데, 당신이 떡볶이를 좋아해서 비지땀을 흘려가며 일주일을 내리 떡볶이를 같이 먹어주는 시도.

당신은 사람들의 어수선한 소음이 가득한 공간에 예민하여 또래들이 자주 나다니는 번화가를 가는 것조차 기피하는데, 내가 사람들이 오고 가는 모습을 구경하는 게 좋다 해서 언제나 번화가의 중심에서 나와 만나기로 약속하는 시도.

우리는 각자 낮을 좋아하고 밤을 좋아함에, 저물어가는 태양이 하늘에 풀려가는 노을의 시간을 사랑하기로 한 시도.

당신을 위해 난 몇 번이고 나의 핵을 뒤집어본다. 그것은 나뿐만이 아닌 당신 또한 마찬가지다. 뒤집히고 반전되고

엇나갈지라도, 끝내 우리의 두 세상이 융해되어 합쳐질 모습을 사랑하기에, 우리는 오늘도 변화를 도전한다.

9월

　밤낮없이 귀를 쨍하게 울리던 매미 소리가 어느새 사그라들고, 귀뚜라미의 잔잔한 울음소리가 퍼진다. 노을의 잔재가 남던 어스름한 저녁 시간은 이제 완연한 어둠을 갖추고 자신이 저녁임을 밝혀온다. 여름과 가을 사이 어느 틈, 과도기의 9월.

　그쯤이면 당신의 말이 기억나 고개를 돌려 주위를 한 번 살피게 되는 것이다. 이맘때면 적당한 수분기를 머금은 저녁 공기에 숨이 트여 길가를 따라 산책하기 좋다며. 그렇게 목적 없이 길을 따라가다 보면 운이 좋게도 코스모스 한 송이를 볼 수 있다고. 그리고 이제 난 이 시기의 코스모스를 볼 때면 여지없이 자신을 떠올릴 것이라고.

　있지. 네 말은 틀렸어. 이 시기가 미치기 전부터, 이 시기가 미치고도 쭉 난 매 시기 너를 떠올리고 있거든. 특히나 여름과 가을을 걸친 이 중앙의 계절에서는 특별히 여지없이 난 너를 떠올리는 중이야.

넌 몰랐겠지. 내가 너를 이유 없이 떠올릴 수 있다는 것을.

세 음절의 연주

이름 석 자를 옮기고 한없이 묵묵하게 그 이름만을 관망하게 되는 사람이 있습니까. 나에게는 당신이 그렇습니다. 난 당신의 이름 앞에 놓일 때면 목소리가 붉혀져 괜히 마른 기침을 두어 번 내뱉어보는 겁니다. 그렇게 가다듬은 목으로 당신을 형용해 보고자 하지만, 당신의 이름을 주위로 어떤 수식언도 표현도 옹색하게만 느껴져 결국 그 이름 석 자만 덩그러니 남기고 마는 나의 마음입니다. 단조롭게 보일 이름 석 자임에도, 이미 그 석 자로 당신은 자꾸만 넘실대어 나를 금세 헤집어 버리고 맙니다. 그렇게 입술을 옴질거리다가 뒤늦은 박자로 발음합니다.

묵직하게 심장을 내리누르는 타건, 당신의 이름 석 음절.

한 음, 두 음, 세 음. 온 힘을 쏟은 연주.

난 당신의 이름 석 자를 부름에 온 힘을 다 쏟아내어, 감히 어떤 마음도 어떤 말도 다루지 못하게 됩니다. 종내 맞이한 시선에 기껏 밋밋한 미소를 짓게 됨을 안타까이 여겨주면 안 될까요. 오늘도 세 음절의 연주에 힘을 다한 난, 떨리는 손을 끌어 연주의 여파에 둔중해진 심장을 덮고 얼러보는 것이 고작이니 말입니다.

나를 읽어줬으면 해

"네가 나를 알아봐 주길 바라."

"내가 어떻게 너를
못 알아보겠어."

당신이 나를 알아봐 주길 바란다. 다른 누구도 아닌 당신이 나를. 다른 누군가의 관심은 나에게 있어 불필요하게 느껴지는 허울일 뿐이니, 난 오직 당신이 나를 알아봐 주기를 바란다.

나의 내밀한 이야기는 당신에게 읽히기를 바라고 있다. 당신에게 읽히고 싶은 이야기는 분류부터 여러 가지 수를 가지고, 시간의 순서와 상관없이 뒤죽박죽 엉켜 자리하고 있다. 그러니 당신은 그저 손이 이끌리는 대로 나를 읽어주면 되는 것이다. 이해되지 않는 모호한 부분이 있다면, 언제든 내가 당신의 곁에서 오목조목 되짚어주며 곰살맞게 해설해 줄 수 있으니.

당신이 나의 늑골을 읽어주길 바란다. 나의 늑골에는 나의 아픔이 자리한다. 나를 고통에 빠트린 나의 이야기, 나를 다치게 한 타인의 이야기, 여전히 아픔을 호소하는 나의 이야기가 새겨져 있다. 당신이 이 이야기를 읽음으로, 이따금 말로 형용할 수 없어 옴푹한 시선을 보내는 나라는 존재를 이해함으로써 당신이 나의 위로가 되어줄 수 있기를 바란다.

당신이 나의 혈관을 읽어주길 바란다. 나의 혈관에는 나의 기쁨이 자리한다. 내가 잊지 못할 순간의 행복, 내가 일상에서 느끼는 소소한 기쁨, 만남이 기다려지는 사람의 이야기가 요동치고 있다. 당신이 이 이야기를 읽음으로, 당신 또한 내게 있어 자주 행복이 되었음을 알아봐 주기를 바란다.

당신이 나의 손가락을 읽어주길 바란다. 나의 손가락에는 나의 사랑이 자리한다. 굽히지 못했던 나의 사랑, 나를 감싸쥐었던 사랑, 내가 놓아버린 사랑의 이야기가 물들어있다. 당신이 이 이야기를 읽음으로 나의 사랑은 어떤 무게를 함축하고 있는지 짐작할 수 있기를 바란다.

　나의 이야기가 당신에게는 금방 휘발되어 버릴 나직한 무미건조함일 수 있다. 그럼에도 나의 이야기는 마치 당신에게 읽히기 위해 존재하는 것으로 여겨져서, 다름 아닌 당신이 나를 읽어주기를 바라는 것이다.

　당신이 나를 알아봐 주기를, 그리고 당신의 이야기를 내가 읽을 수 있도록 허락을 바라는, 그런 나의 사랑이다.

"네가 어디에 있든 난 너를 알아볼 거야.
네 모습이 보이지 않는 시야 너머에서도
난 네가 존재하는 방향을 금세 찾고는 그곳을 바라볼 거야."

"너의 의미는 나에게 너무도 출중해서,
피부에 네가 와닿지 않아도
너의 존재를 뚜렷이 느낄 수 있어."

"넌 휘발되지 못할
내 마음에 새겨진 이야기니까."

최선보다는 최고를

"최고의 사랑이 되고 싶어."

"너에게 있어
최고의 사랑이란 뭔데?"

내게 편히 기댄 채 뭉개지는 노랫말을 흥얼대는 당신을 보는 게 행복해 문득 그런 물음이 생겼다. 난 나를 이렇게 쉽게도 행복하게 만들어주는 당신에게 최선을 다해 사랑하고 있을까. 그렇다면 그것은 당신에게 최고의 사랑이 되었을까 하는 물음.

최선의 사랑과 최고의 사랑은 동일하지 않다. 단어에서 보이듯 최'선'과 최'고'라는 글자의 차이가 존재하리만치, 크게 구분 짓게 되는 잣대란 최선의 기준은 나에게서 비롯되는 것이고, 최고의 기준은 당신에게서 비롯되는 것이다.

예시를 들어보자면 나에게 있어 최선의 사랑이란 당신이 나의 목적이 되는 사랑을 말한다. 당신을 목적으로 나의 세상을 구축해 가며, 당신이 마음 편히 웃을 수 있도록 하는 것이 나의 최선의 사랑. 당신의 웃음을 위해서라면 단순하게는 뜨거운 볕 아래에서 내 몫의 아이스크림을 양보하는 것, 어떤 선택의 순간 속에 당신을 위해서라면 내 우선순위에 놓인 가치관도 기꺼이 포기할 수 있는 것이 내 최선의 사랑의 형태이다. 이렇듯 내게 있어 최선의 사랑이란 당신이란 목적을 위한 희생의 형태를 띠고 있는 것이다. 그러나 이런 나의 최선이 최고의 사랑이라 불릴 수 있다고 보지는 않는다.

당신에게 있어 최고의 사랑이란 함께 행복할 수 있는 것이라면, 내가 포기한 내 몫의 아이스크림이, 내 가치관을 포기해 가며 당신과 함께하는 것이 당신에게 있어서는 최악의 사랑이 될 수 있는 것이기에.

이렇듯 나의 기준에서의 최선의 사랑이 상대의 기준에서 최악의 사랑으로 이어질 수 있는 법이다. 그렇기에 사랑하기에 앞서 나만의 최선보다는 나와 상대, 우리가 함께 추구해야 할 최고의 사랑의 형태를 분명히 알고, 나의 사랑을 가

다듬어 최선을 다해 최고를 이야기할 줄 알아야 하는 것이
라고.

"그 사람이 원하는 사랑이

내게 있어서는 최고의 사랑이야.

아무리 내가 최선을 다해 사랑을 노력했어도

그 사람이 원하지 않던 사랑이라면

그것만큼 슬픈 사랑은 없을 것 같아서."

　　　　　　　　　　　　　　　　　"만일 그 사람도

　　　　　　　　　네 기준에서의 최고의 사랑이 되길 바란다면?"

"그때는 각자가 최선의 사랑을 노력하면 돼.

각자가 최선을 다한 사랑이

나와 그 사람 모두가 서로에게 최고의 사랑이 될 테니까.

그렇게 슬프지 않은, 모두가 기뻐하는 사랑이

우리 속에서 완성되는 거야."

집이 되어주는 사랑

나는 당신으로 돌아가고 당신은 나에게 돌아오는, 그런 집이 되어주는 사랑이 좋습니다.

돌아갈 곳이 있는 나의 하루는 선연한 활력을 띱니다. 하루의 아침, 난 다녀오겠습니다 라는 기운찬 인사를 말하며 집을 나섭니다. 단지 하루 중 몇 시간을 집을 떠나 생활을 함인데도, 난 짙은 향수병에 취해 몸의 향방을 자꾸만 집이 존재하는 곳으로 돌아 세우는 것입니다. 집으로 돌아가는 길가에 따끈한 냄새를 풍기는 음식에, 나를 기다릴 집에 대한 생각이 깊어져 한 아름 음식을 껴안고는 발걸음을 재촉하는 것입니다. 그렇게 다녀왔습니다 하고, 몸을 넘어질 듯 잔뜩 기울여서는 나의 집, 나의 사랑을 폭 감싸안아 보는 것입니다.
나의 사랑, 나의 사람, 나의 집, 당신.

모난 세상 속
둥근 나이테를 지닌
우리이기에

우리의 심장은 둥그런 형태로 세상을 울리고 있다.

둥그스름한 우리는

　각진 세상을 살아가고 있다. 네모난 빌딩들과 네모난 모니터, 네모난 탁자에 네모난 핸드폰. 우리가 살아가는 세상은 각이 져 있어 세상과 부딪히면 시퍼런 멍이 들 것만 같은 네모난 세상이다. 그렇기에 우리들은 날이 갈수록 나의 감각을 바짝 날 세우며 각이 진 세상에 내가 맞부딪히지 않도록 부단히도 노력한다. 그러나 어느 순간 자각해 보면, 나의 첫 의도와는 달리 되레 나 또한 각이 져 살아가고 있는 것을 문득 깨닫게 되는 것이다.

　네모난 세상 속에 나를 다치지 않게 하기 위해 몸을 단단히 했건만, 나의 마음까지 각이 지고 말았다. 쉽사리 타인에게 여유를 베풀지 못하고, 나의 안위만 챙기게 되는 각진 마음. 난 어쩌다 이런 네모난 꼴을 가지게 된 것인지. 그렇게 뇌리에 번뜩하고 스치는 자각에 허망한 마음이 나의 머리

꼭대기까지 물밀듯 들어와 나를 가득 채운다. 그런 무거운 마음을 출렁여보며 이제라도 나의 네모난 마음이 풀어지길 바라면서, 이리저리 마음을 주물러본다.

자주 잊게 되는 만큼 수시로 떠올려야 하는 사실이 있다. 각이 진 세상에 우리는 애당초 둥글게 태어난 존재라는 것을. 세상은 각이 져 있을지 몰라도 그곳에 가득한 우리는 둥그런 우리로서 존재해야 한다.

네모난 세상 속 우린 둥근 나이테를 지녔기에, 둥그스름하게 살아보는 것이다. 세상과 누군가 부딪혔을 때는 그 아픔을 걱정하며 안부를 스스럼없이 물을 수 있도록. 서로와 서로가 맞부딪혀도 우리는 둥근 어깨를 가지고 있어 부딪힌 모두가 서로에게 베이지 않을 수 있도록 말이다. 맞부딪힌 서로가 서로를 둥글리며 미안함을 드러내고, 서로의 아픔을 묻고, 인사를 건네며, 서로가 서로의 네모난 세상으로 다시 둥글게 굴러갈 수 있도록. 네모난 세상 속 둥그스름한 우리가 존재하는 이유란 그런 법이니.

그렇게 둥글린 내 마음을, 둥그스름한 나를, 네모난 세상 속에 다시 한번 힘껏 던져본다.

제대로 보고, 듣고, 말하기

"제대로 보고 있어?"

"제대로 보고, 듣고, 말하고자
노력하고 있어."

생을 가진 이래 나는 많은 것을 보고 듣고 말해온다. 태어나기 훨씬 이전부터 시끌벅적했던 세상은, 막 세상에 나온 나에게 많은 것을 보여주며, 소리 내고, 또 끊임없이 말해온다. 그렇기에 나에게 있어 아주 익숙하고 단순한 기본적인 권리와 같은 행위인 보고 듣고 말하기. 그러나 그런 기본적인 행위이기에 나는 세상을 '제대로' 보고 듣고 말하는 법을 간과하고 있을지 모른다.

질문 하나, 나는 제대로 보았을까. 단순히 겉으로만 드러난 세상의 겉모습을 보고 일찍이 어리석은 판단을 내리지는 않았던가. 나의 판단을 유예시킬지 몰라도 겉에 둘러싸인 피막을 직접 벗겨 내보고, 그 안에 간직한 물렁한 내막의 형태를 바라보며 세상에 대한 나만의 판단을 내릴 수 있지는 않았을까.

질문 둘, 나는 제대로 들었을까. 다양한 세계가 군집 되어 이루는 세상 속에 나는 내가 듣고 싶은 세계의 일편적인 속삭임에만 귀 기울이지는 않았던가. 속삭임의 저편에 존재한 다양한 목소리에도 귀 기울여 보며 완성된 나의 소리를 제대로 찾을 수 있지는 않았을까.

질문 셋, 나는 제대로 말했을까. 내뱉은 나의 작은 소리에 갈고리 치며 나를 겁박할 소음이 두려워 나는 나의 목소리를 감추지는 않았던가. 내 목소리가 세상에 파묻혀 소거될 공허가 되더라도, 누군가에게 어떤 울림을 남길 수 있는 목소리이기에 용기 내어 제대로 말할 수 있지는 않았을까.

제대로 보고 듣고 말하는 것이란 비단 어려운 일이 된다. 그럼에도 계속해 의식하고 노력해서 제대로 보고, 듣고, 말하는 하루에 가까워지고, 그런 하루들이 모여 내가 나의 세계를 이룩한다면 아주 멋진 장관을 펼치게 될 것이라고. 그리고 그런 세계들이 모여 화합한다면 꽤나 아름다운 모습의 세상으로 만발할 것이기에, 우리 함께 하루하루를 제대로 보고 듣고 말해보자.

"제대로 보고 듣고 말하는 것은 어려워.
그래도 포기하고 싶지 않아.
내가 보는 세상의 진실된 모습을 직접 보고,
진실된 소리를 직접 들어보고,
진실된 대화를 직접 나누고,
그렇게 세상에 온전히 가까워지고 싶어."

"그것으로 내가 얻을 수 있는 것은 없어.
그렇지만 어떤 행위에는 무언가를 얻기 위함이 아니라,
그저 내가 나로 존재할 수 있게 하기 위해
행하는 것도 존재해."

"제대로 보고 듣고 말하는 것 또한 마찬가지야.
네가 너로, 내가 나로 존재할 수 있기 위해 행하는 것이야."

"오늘도 네가 너로, 내가 나로
온건하게 존재할 수 있도록
제대로 보고 듣고 말해보자."

어른이 되었을까

　어릴 적 나는 저 먼 곳 너머까지 내다볼 수 있는 높은 시야를 가진다면 어른이 될 수 있다고 여겼다. 내 나직한 시야에서 볼 수 있는 것이라고는 하루를 열심히 기어가는 개미들의 행렬과 몸을 굽히지 않고 울창히 자신을 뽐내는 나무들, 깨끗한 빛줄기가 만들어오는 기다란 그늘이 고작인 나의 세상이라 항상 내 머리통 몇 개나 더 위에 놓인 아득한 시야를 가진 어른이 그저 멋있어 보이기만 했다.

　그리고 지금 꼼짝없이 어른의 몸을 가지게 된 나는 내가 어른이 되었는지에 대한 어린 나의 물음에 긍정도 부정도 하지 않은 채 다른 대답을 전하는 것이다.

　있잖아. 높아진 시야가 어른이 되었음을 말해주는 것이 아니었어. 분명 저 너머를 응시할 수 있는 높이를 가졌음에도, 세상을 바라봄에 고작 한 뼘의 옹졸한 시선을 가질 수도 있는 것이라서 시야의 높이는 어른을 대변하지 않더라. 외려 쳇바퀴처럼 굴러가는 하루에 자신을 운반하는 것이 어른이었어. 나를 책임지며, 누군가를 책임지기 위해 나를 한결같이 나를 수 있는 힘을 가진 것이 어른이었어. 외려 고개를 수그리고 자신을 굽힐 수 있는 유연함을 가지는 것이 어른이었어. 대상에 연연하지 않고 자신을 숙일 수 있는 저자세는 수수해 보일지언정 누구나 갖출 수 없는 특별한 자격을 가지고 있는 어른임을 말하는 것이었어. 외려 커다란 그늘이 자신을 에우고 있음에도 자신을 견고히 발할 수 있는 사람이 어른이었어. 거창한 빛을 내지 않아도 꺼지지 않는 자신만의 강인한 빛을 가지는 것은 누구도 뒤따를 수 없는 큰 힘을 가진 어른임을 말하는 것이었어.

세상을 알아가면 알아갈수록 여전히 난 어른이 되지 못했음을 여실히 깨닫게 되지만, 내가 되고 싶은 어른의 모습만큼은 점점 더 선명해지는 것이다. 그렇기에 아직 몸이 고작인 방황하는 어른이지만, 어린 내게 떳떳이 어른이 되었다 자부심 넘치게 대답할 수 있게 되기를. 그런 가까운 미래를 꿈꾸며 당신에게 되묻는다. 당신은 어른이 되었나요.

사과가 되지 말고 도마도가 되라

　그런 말이 있다. 사과가 되지 말고 도마도가 되라는 말. 말인즉슨 사과와 같이 탐스럽게 붉게 익은 겉과 달리 익지 않은 하얀 속살을 가지지 말고, 토마토와 같이 겉과 속 모두 붉게 튼실히 익은 사람이 되라는 말. 참 비유가 귀여운 말이 면서도 나의 허를 단단히 찌르는 말이다.

　나는 사과가 되었을까 도마도가 되었을까. 간솔히 말해보자면 난 내가 아직 사과도 토마토도 되지 못한 설익은 사람이라고 말하게 된다. 아직 난 그럴듯한 겉면도 간직하지 못한 채 살아 숨 쉬는 중이기에. 따지자면 난 사과와 토마토의 중도에 놓인 어떤 풋과일의 파릇한 색채를 띠고 있지는 않을까. 겉과 속 모두 붉게 익히고자 거듭 몇 해를 걸쳐보았음에도, 겉도 속도 여전히 싱그러운 향이 채 가시지 않은 익다 말은 애매한 녹빛을 띠고 있다고. 나의 겉면에조차 붉은 색을 물들이지 못했음에 괜스레 낯이 뜨거워져 얼굴만 벌건 색으로 물들이게 된다. 성마른 마음에 봉선화의 꽃잎을 뜯어다 내 몸에 치덕여서 물을 들인다면 나도 겉이나마 건실한 다홍빛을 띨 수 있지는 않을까 하는 그런 조악한 상상을 주워보기도 한다.

　하루아침에 내가 사과도 도마도도 될 수 있지는 않을 테다. 이미 몇 해를 넘겨보며 나를 익히는 것에는 무수한 시간과 나의 노력, 그리고 환경과 사람에 의한다는 것을 알게 되지 않았던가. 여전히 나의 코를 간질이는 풋내를 속에 간직하고 있지만 분명 나는 해가 지날 때마다 겉과 속을 점차 붉은 색에 가깝도록 물들이는 내 자신을 알아볼 수 있다. 그러니 너무 조급해하지 말자. 스치듯 물들인 붉음은 나에게 오히려 허망함만을 남기는 속 빈 강정이 될 뿐이라고. 그러니 몇 해를 아웅다웅해 보며 나의 겉과 속 모두 농밀하고 실하게 익혀, 달큼한 향을 지닌 도마도가 되어보자고.

모두의 시선을 **빼앗**는 화려한 모습을 지닌 향기 없는 꽃보다는, 모두의 시선을 **빼앗**지 못할지언정 나만의 고고한 향을 풍기는 꽃이 되고 싶어. 어느 순간 내 향에 취해 나의 존재를 알아보고, 마침내 내가 간직한 이 들크름한 향이 억겁의 인내를 통해 품게 된 것임을 알아주는 몇 안 되는 나의 사람을 가지고 싶은 거야.

　그렇게 농후한 나의 사람, 나의 삶을 완비하게 되기를.

　그렇게 뚜렷한 행복을 성양하게 되기를.

나를 가두는 나의 판단

"내가 나를 가두고 있었어.
이 비좁은 세상을 만든 건 다름 아닌 나였어."

"내가 나를 속인 걸
알아채는 게 제일 힘든 법이니까."

  누군가와 포옹하기 위해 길게 내뻗었던 팔이 내 품으로 돌아와서는, 곧게 뻗은 나의 손가락이 내 눈앞을 덮게 만든다. 내가 볼 수 있는 세상은 파편으로 조각나고, 손 틈새를 비집고 들어온 편린이 된 세상은 날카로운 절단면을 간직한 정보를 내게 쥐어줬다. 난 그것이 나를 향한 날이라고는 전혀 생각하지도 못하고 그것을 꾹 쥔 채 꿈쩍 않고 주변을 경계하는 것이었다. 눈에 핏발을 흉흉하게 잔뜩 세운 채로 오가는 사람을 바라보며 '저 사람은 무례한 사람일 거야.', '저 사람은 나를 해코지할 사람일 거야.', '저 사람은 믿을 수 없어.' 하며 나만의 잔망한 시야가 나를 속이고 있음은 분간하지 못한 채, 타인을 완벽히 판별하고 있다고 착각하며 살아갔다. 내가 나를 가두고, 나 스스로가 가라앉아가고 있다는 생각은 하등 못한 채로.

　나는 나를 지킨다는 명목하에 숱한 어리석은 판단을 휘두르며 타인을 속단하고 살아가기도 한다. 나를 지킨다는 명분이란 너무도 손쉬운 핑계인 것이라, 내가 감히 타인을 속단해도 된다는 좋은 구실로 삼기 충분했다. 그러나 그것은 타인으로부터 나를 지키는 것이 아닌, 내가 나를 빈곤하게 만드는 지름길이었다. 내가 나를 누애한 도랑에 몸을 뉘이게 만든 것. 그렇게 축축한 도랑 속에 나를 잠식시키며, 스스로 눈앞을 가려 옹이구멍만 해진 비좁은 시선으로 볼품없는 세상만을 바라보도록 만드는 것이다. 타인을 진정 마주하기도 전에 내가 나를 가두는 나의 섣부른 판단.

　종종 내가 나를 침식시키고 있지는 않은지 스스로에게 물어보는 것으로 나를 직접 판단해 보는 법 또한 필요하다고. 타인을 접하기도 전에 그 대상을 재단하기보다는 타인을 잘라 없애는 내가 쥐고 있는 날을 놓아보고, 내 눈을 가리는 나의 손을 떼어낸 채 맑아진 세상과 사람을 직시해 보자.

"종종 어떤 누구도 아닌 내가 나를 속여
밉살스런 세상만을 보게 만들 때가 있어.
그러다 어느 순간
내가 감추었던 가려한 세상의 모습을 깨닫고
한참을 충격에서 헤어나지 못한 채 멈추고 말아."

"아까워.
나의 우둔함에 소모됐던 나의 시간이,
그리고 지나쳐버린 어떤 세상들이 아까워."

"그렇기에 오히려
너의 세상은 지금 현란히 빛이 나 보일 수 있어.
네가 깨닫지 못했던 세상과 사람의 면면을
세려 할 수 있는 법이니까.
너는 너를 경계할 줄 알게 되었으니
더 이상 어떤 세상도 어떤 사람도 상실하지 않을 테니까."

마냥 지는 것은 이기는 것이 아니기에

    살다 보니 나의 잘못이 아님에도 내게 난자하는 질책과 책망에 애써 머리를 조아리게 되는 날이 오기도 한다. 쏟아지는 힐난에 아무리 되새겨보아도 나에게 어떤 일말의 책임이 없어 조아리는 머리가 새하얗게 말라붙는 억울함을 가지게 되는 순간. 그때는 어째서 내가 이런 상황에 놓이게 된 것인지에 대한 일절의 이해도, 상황을 모면할 능숙한 요령도 떠오르지 않는다. 그저 지는 것이 이기는 것이라 속으로 되뇌고는, 연거푸 없던 잘못을 빚어가며 나를 수그려보는 경험을 당신 또한 가지지 않았던가.

    그러나 그렇게 나를 지워가며 지는 것은 진정 이기는 것이 아니라고 말하고 싶다. 그 누구도 내가 먼저 말하지 않는 이상 내가 나를 양보한 승리임을 알아주지 않기에. 내가 먼저 외치지 않는 이상 누구도 내가 무엇을 포기해 가며 나를 수그렸는지 알아주지 못하기에. 누차 목소리를 높이지 않는 이상 누구도 나의 쓰라렸던 속앓이의 밤을 알아채 주지 않기에. 아주 일부의 사람만이 나의 분울을 이해하며 어깨를 다독일 것이고, 대다수 사람이 나에 대한 그릇된 판단을 가지도록 억울한 여지를 주는 꼴이 되고 말 것이다. 어쩌면 우리는 나만이 아는 승리를 위해 너무 후하게도 나를 대가로써 지불하지는 않았을까.

그러니 나를 위해 이겨달라. 마냥 지는 것은 이기는 것이 아니기에, 나를 위해 목소리를 힘껏 내질러달라고. 나를 감히 양보하지 말라고.

10월

떨어지는 낙엽의 생이 될 수 있을까.

생을 들푸르게 찬연히 만끽하고는, 시간을 등에 지고부터 자신만의 색채를 가지는 이파리의 생. 하나의 이파리가 가지는 존재감이란 미비함에도, 오색찬란이 자신만의 색을 갖춘 잎들이 모여 나무를 돋보이게 만드는 확고한 생이란 아름다움이 된다. 생을 마치고 빼곡한 하늘에서 황망한 바다를 향해 겸허히 몸을 떨어트려, 대지에 자신을 수놓음으로 그 마지막까지 숭고함이 되는 생은 누군가의 이상이 되기에 충분한 생이 된다.

나는 나로 피어나, 나로 저물어 누군가의 가슴팍에 내려앉는 온기로 남을 수 있기를. 바람 불면 바스락하고 소리 내며 일어서는 그런 따스한 색을 지닌 기억이 될 수 있기를.

모든 걸 끌어안을 수 없다고

"내가 그릇이 넓었다면

그 사람을 포용할 수 있지 않았을까."

"그건 포용이 아니야.

너를 파괴시키는 행위지."

어떤 타인을 나의 세상에 품고자 할 때는 있는 힘껏 나의 팔을 벌려야만 한다. 바닥에 달할 때까지 나의 숨을 내빼고 내 품을 가득 늘려 그 안에 타인을 품고자 해야 한다. 그렇지만 그렇게 나의 숨을 허공으로 바닥내면서까지 노력했음에도, 어떤 누군가를 나의 가슴팍에 들여보기에는 폭도 깊이도 만족시키지 못해 영 위태로운 모양새를 보이게 될 때도 있다. 그렇게 아슬한 모습으로 그 누군가를 온전히 내 품에 정착시키지 못하여 그를 떠나보내게 될 때 나는 나를 책망하지는 않았던가. 내 그릇이 좁아 그를 담아내지 못했다

며, 내 그릇이 작아 그를 받아들일 수 없었다며. 그런 미지
근한 응답을 내게 겨누지는 않았나.

　그것은 오롯이 당신 그릇의 문제가 아니다. 그것은 어찌할
도리가 없는 놓아야만 됐을 인연이었다. 당신은 사람을 품
고자 했을 테지만, 당신의 모습은 그 누군가를 떠받치고 버
티는 그릇의 모양을 취하고 있었다. 당신이 그대로 그를 떠
받친 모습을 유지했다면 그렇게 버티고 버티다가 어느 순간
실금이 가더니, 당신에게 새겨진 금을 필두로 당신을 두 동
강 내버렸을 것이다. 당신이 하고자 했던 것은 포용일 테지
만, 그것은 종내에 당신의 파괴를 예견하는 일이 되었었다.

　당신은 이미 당신의 숨을 바닥내면서까지 타인을 품어보
고자 온 힘을 다하였다. 당신은 자신의 그릇을 이미 충분히
넓혀보고자 노력했다. 당신도 이제는 알 테다. 살아 숨 쉬며
나와 스치는 모든 것을 내 안쪽으로 담아낼 수 없다는 것을.
그것은 그릇의 크기의 문제가 아니라, 단지 우리의 욕심대로
모든 것을 내 품 안으로 끌어안을 수 없다는 하나의 진리일
뿐이라고. 그러니 이곳에 당신의 탓이란 존재하지 않는다.

"네 그릇이 충분히 넓었더라도
결과는 여전했을 거야.
네 그릇보다 크기는 작지만 무거운 중심을 가진 것이
네 품으로 내달려온다면 결국 넌 산산조각이 났을 거야."

"그릇의 문제가 아니야.
어떤 것은 애초부터 끌어안을 수 없는 형태를 지니고 있으니까.
그러니 네 탓은 없어."

"그저 그런 일일 뿐이니 네가 타인을 위해
너 자신을 파괴하는 걸 이제 그만 멈춰줄 수는 없을까."

마무리까지의 책임

　누군가와의 이별을 앞두면 미처 알지 못했던 나의 비겁한 면모를 내가 알게 된다. 나를 만날 때면 늘상 내게 사탕을 쥐여주던 할아버지와의 이별, 학창 시절을 꼬박 붙어 지내며 친하게 지냈던 친구와의 이별, 나보다 나를 더 사랑해 준 사람과의 이별, 나를 끝없이 괴롭혔던 질긴 인연과의 이별. 다양한 사람과의 이별이 있었음에도 내가 행한 이별의 공통적인 모습이란 남루하기 짝이 없었다. 매번 무엇이 그리 무서웠던 것인지 안녕을 말하고 내게 돌아올 인사를 듣는 시늉도 않은 채 온 힘을 다해 도망치는 모습. 혹은 내게 건네온 안녕에 두 귀를 꼭 닫고 내게는 없었던 일인 것 마냥 치부하며 이별을 회피하는 모습. 다시금 그 이별을 떠올림에 스스로 부끄러워 불긋해지는 눈자위를 따라 눈을 질끈 감아본다. 그렇게 이별이란 나에게 후회가 되고 말았다.

이제는 안다. 사람과 인연을 맺는다는 것은 그 마무리까지가 나와 당신, 우리의 몫이 된다는 것을. 안녕을 말하며 반가운 인사를 건넬 때, 돌아오는 안녕으로 인사를 화답 받는 것이 의례이듯, 내가 이별을 위한 안녕을 건넬 때, 돌아오는 안녕을 기다리는 것 또한 의례가 된다.

인연은 나 혼자만의 것이 아니기에. 나와 대상인 당신이 있기에 이어진 것이 인연이기에. 그렇기에 이별 또한 나 혼자만의 것이 되지 않도록 책임 의식을 가져야 하는 것이라고. 인연을 맺고, 유지한 것에 우리 모두의 책임이 있듯 마무리까지도 내가 아닌 우리가 책임을 져야 한다고.

그렇기에 내가 행했던 미성숙한 이별의 대상들에 미안함을 건네보며 인사한다. 미안했어요. 비로소 정말 안녕입니다.

이 별과 이별은 왜 항상 생경함을 공유하고 있을까요.

이 별은 매일 새로운 세상을 선보임에 내게 서투름을 권유하고,

이별은 매 아침이 둔탁해지는 하루를 선보임에 내게 슬픔을 권유합니다.

이, 별, 이란 골자를 가진 것들은 모두 내게 서투른 슬픔을 내걸게 만듭니다. 그럼에도 난 당신이 살아가는 이 별을 사랑함에, 당신이 말하는 이별마저 사랑하기에 무수한 적응의 시도 끝에서야 말해봅니다.

안녕, 잘 지내 하고. 그런 서툰 작별을.

나의 영원한 이해자

"나는 왜 나를 돌봐야만 할까."

"어떤 상처는
너 스스로가 제일 잘 알고 있기 때문이야."

어느 날 아무도 알아봐 주지 못할 상처를 입은 적이 있었다. 그저 묵묵히 나의 길을 걸어가고 있던 나를 발견한 그 사람은 상냥함을 겉에 둘둘 두르고 나타나 나긋한 친절을 제 모습에 투영하나 싶더니, 내가 나를 둘러싼 벽을 허물고 물렁한 속살을 드러내자 돌연히 제 본모습을 드러냈다. 길가에 존재하는 얼기설기 엉켜있는 가시덤불 속으로, 그 사람은 그렇게 눈 하나 깜짝 않고 나를 난폭하게 밀어 넣은 것이다. 순식간에 팽개쳐진 난 온몸 이곳저곳에 새빨간 생채기를 입고는 고통을 뚝뚝 흘려가며 간신히 집에 다다를 수 있었다.

내가 상처 입은 모습을 본 타인들은 나를 안타까이 여기며, 공포에 절여진 나의 옷을 말려주고, 눈물이 고인 나의 상처를 소독하며 그것이 덧나지 않도록 자신의 손수건을 단단히 동여매 주었다. 그러나 그 누구도 내가 제일 아파하는 곳을 알아채 주진 못했다. 심장 왼편 깊숙이에 뜨끔 뜨끔하며 존재를 알리는, 나를 불러 멈춰 세우는 가시가 박혀 남아있음을 알아주진 못했다.

시간이 지났음에도 그 가시는 여전히 나의 심장 한켠에 박혀 존재한다. 욱신욱신하며, 그렇게 종종 침음성을 일으키는 익숙한 불손함이 나를 불러 세운다. 뒤를 돌아보는 나의 모습에 사람들은 흘러간 시간을 들먹이며 나의 멀끔해진 외관을 들추면서 의아함을 내비치기도 한다. 어째서 아직도 아파하는 것이냐고. 너는 다 나은 것이 아니냐며. 그 물음에 난 차마 이루지 못하는 대답을 대신하여 미비한 미소를 지을 뿐이다. 이제 나의 표면에는 누군가는 이해할 수도 이해하지 못할 수도 있는 아물어버린 상처의 흉만 남아있게 되었으니.

그러나 난 알고 있다. 난 나의 아픔을 그 누구보다 잘 알고 있다. 나의 발목을 채는 악몽의 잔여물과 같은 기억이 무엇인지 누구보다 또렷이 알고 있다. 그렇기에 나만큼 나를 잘 돌볼 수 있는 사람이 없기에, 나만큼 나의 고통을 완벽히 이해할 수 있는 사람은 없기에, 나는 일평생을 나의 편에서 나를 돌봐야 하는 것이다.

그렇게 나는 나의 영원한 이해자로 나를 돌보며 살아가야 하는 법이라고.

"가끔은 억울해.
날 상처 입힌 대상은
내 상처에 대한 자각도 없이
즐겁게 웃으며 일상을 보내는 모습이 원망스럽기도 해."

"그렇지만 그에 쏟는 감정보다는
나는 나에게 들이는 감정이 더 소중해서,
그래서 원망을 멈출 수 있었어."

"내가 나를 아니까.
내가 나의 아픔을, 고통을,
눈물로 쌓아 올린 나만의 궁전을 아니까.
짭짤해 오는 입새가 둥글게 위로 말려 올라가기를
누구보다 염원하는 것이 나라서.
그래서 내가 나의 상처를 끌어안은 채 나아가는 거야."

감정이 이기는 순간

　어느 순간부터였을까. 세상에서 감정은 이성에서 한참 뒤떨어진 것으로 지칭되더니, 누군가 볼 새라 감추기 급급한 치부가 되고 터부시되기 시작했다. 참으로 이상한 세상이 아닐 수 없다. 단 한 줄의 감정이 수많은 이성을 이김으로 세상은 지금껏 가꿔져 구축되어 오지 않았던가.

　무수한 시도 끝에 누군가의 얼굴에 번지듯 한가득 피워 오른 분홍의 색채에, 나마저 덥석 그 색을 덧쓰고 배가 되어 전파가 되는 쑥스러운 감정. 누군가의 웃음 끝자락에 움푹 각인된 보조개를 떠올림에, 여름을 베고 잠드는 것마냥 열렬히 타오르는 숨을 다듬어보며 자꾸만 내일을 기다리게 되는 홧홧한 감정. 부당하게 상처 입은 누군가의 소매에 젖어드는 고름을 발견하고, 제 옷을 벗어 던져 둘러 매주며 세상을 향해 노호성을 외칠 수 있는 단단한 감정. 누군가에게 봉착한 슬픔에 함께 가슴 아파하며 손잡은 눈물을 흘려보내 줄 수 있는 다정한 감정.

 이토록 다채로운 아름다움을 세상에 물들이는 것이 감정인 것이다. 그러니 곧 개화하고자 하는 감정의 봉우리를 이성으로 둘둘 싸매어 발포되는 그것을 이겨보고자 하는 씨름짓 따위는 그만두어라. 어쩔 때는 그저 감정이 이기게끔 내버려두는 것이라고. 어떤 때는 꼿꼿이 형체를 펼치는 이성보다는 오래도록 방치되면 짓무르는 감정이 모든 세상을 압도하는 힘을 지니고 있는 법이니. 모든 세상을 꿰어버리는 우리의 물러터진 작살이 감정인 것이니. 비로소 우리가 한 몸이 되도록 만드는 것도, 세상으로 터져 나오는 역력한 봄의 숨소리가 되는 것 또한 감정이라고. 감정은 이토록 휘황한 것이 되기에 우리는 종종 이성을 기꺼이 포기할 줄 알아야 하는 법이다.

문을 두드리게 해줘

"아무도 보고 싶지 않아.

날 혼자 내버려둬."

"알았어.

그래도 문 앞에 항상 내가 있을 테니 기억해 줘."

    혹여 당신은 당신이 세운 벽 너머 안쪽에 자리하고 있지는 않나요. 몇 번의 시간에 걸쳐 자신도 모르는 새 첩첩이 쌓아 올려 완성된 고집스러운 나만의 성이 당신에게 존재하지는 않나요. 각자마다 나를 감출 수 있는 성이 존재함에도 당신의 성은 그들에 비해 더 완고한 성질을 읊고 있지는 않던가요. 당신의 머리 한 올 바깥에서 넘볼 수 없도록, 당신의 존재를 세상에서 지워야 한다는 아집을 가진 성이지는 않나요. 그런 곳에 당신은 무엇을 피해 걸음마도 떼지 못했던 미량의 존재 때처럼 엉금엉금 기어들어 갔나요.

세상은 참 무참합니다. 내가 존재할 고작 한 칸의 바닥에 대한 비용으로 수많은 요구를 박청해오니 말입니다. 사람이 참 무심합니다. 무너지는 폐허에 앗아갈 것이 또 무어가 있는지 살피더니, 온기를 품을 자격마저 매도하고는 나를 남김없이 텅 비워버리게 만드니 말입니다. 당신이 세상을, 사람을 마주하고 싶지 않아 하는 것을 압니다. 나 또한 자꾸만 굴절되어 난반사하는 타인의 시선에 겁이 질려 타인을 배척하고자 나만의 성으로 나를 굴려보았으니 말입니다.

그럼에도 당신이 모든 것에 배타적일지언정 당신의 성을 두드릴 누군가에게 기회를 남겨주시겠나요. 좀체 당신의 성이 무너질 틈새가 없어 보임에도 당신의 성문을 두드리고자 하는 누군가는 분명 존재하니 말입니다. 그 안쪽에 자리한 성의 풍경보다는 당신의 존재를 마주하고 싶음에, 자신의 손이 온통 부르트는 것을 낌새채지도 못하고 열성껏 문을 두드리는 사람. 머금은 이슬만치 고요히 가라앉은 새벽공기에 몸을 떨면서도, 성문 앞에서 목이 쉬어라 당신을 나직이 부르는 사람. 당신이 다시금 세상에, 사람에 가까워지길 바라는 누군가가 있음을 안다면, 언젠가 그 부름에 당신이 더 일찍이 용기 내어 문을 활짝 열어볼 수도 있을 테니 말입니다.

그런 당신을 환영할 누군가도, 나도, 그리고 당신이, 그렇게 우리가 재회할 순간을 고대해 봅니다.

"네가 혼자 있고 싶다면 혼자 있어도 돼.
그래도 기억해 줘.
문 앞에는 항상 내가 서 있을 테니까,
언제든 누군가가 필요하다면 문을 열어줘.
난 항상 네 곁에 있으니까."

"문이 안 열릴 수도 있어.
내가 영영 숨어버릴 수도 있어."

"네가 많이 보고 싶겠지.
그것보다는 더 네가 걱정될 거야.
그래서 난 문 앞을 계속, 한참을 서성일 거야.
그게 내가 너를 위해 할 수 있는 최선이니까."

"나에게는 네게 최선을 다하지 않는 게
내 후회가 돼.
그러니까 괜찮아.
난 여기에서 널 기다릴게."

4장 모난 세상 속 둥근 나이테를 지닌 우리이기에

11월

세기말을 말하는 11월입니다.

왜 하필 세기말과 11월이냐는 물음이라면 글쎄. 이상하
게도 나에게는 12월보다 11월이 세상의 끝에 가까운 세기
말의 시기로 느껴지는 터입니다. 이유는 무엇일까요. 끝의
계절인 겨울이 손끝에 스치듯 물씬 다가온 지점이라 그럴까
요. 공기가 가볍게 눈발처럼 날리기 시작하는 구간의 계절
이라 그리 느끼는 건 아닐까요.

이유는 알 수 없게도 난 세기말의 이른 저녁을 만끽하고
있습니다. 빠르게 찾아드는 어둠을 피해 나를 눕힐 구석을
갈망하는 11월입니다.

당신은 당신을 눕힐 구석을 무사히 찾아냈습니까.

과거의 나를 용서하기

"왜 그랬을까.

나는 왜 그렇게 행동했을까."

"그만. 이제 그만해도 돼."

나에게서 비롯된 실망이나 불행으로 밤늦은 생에 점철되어 살아가던 때가 있었다. 이미 뒤바꿀 수 없는 과거 속의 내가 행한 미련하고 못난 말과 행동. 그 과거의 존재를 의식하고부터 그것들은 육중하게 부피를 늘리더니, 내 마음을 차지하고는 어느 순간 나의 몸까지 장악하는 것이었다.

왜 그랬을까. 왜 나는 그토록 못나게 행동했던 것일까. 왜 나는 그런 모자란 행동이 부끄럽다는 것을 일찍 알지 못한 것일까 하며. 과거 내가 저지른 행실을 견딜 수 없어 몸부림치다가 잠들지 못하던 밤이 연이어졌다. 누군가 저지른 어리석음보다 내가 저지른 모남이 더욱 못나게만 느껴져서, 그렇게 과도하게 이어지던 질타는 끝내 나의 존재가치에 대한 의구심으로 이어지게 만들었다.

생에 대한 존재가치란 그 어떤 누구도 감히 들먹일 수 있는 영역이 아님에도, 난 자책이란 거대한 그림자에 잡아먹혀서 스스로 나의 존재를 부정하는 짓을 저지르고야 말았다. 겨우겨우 나를 지켜오던 얄팍한 이성은 그 부정 하나에 가슴팍 한가운데에 커다란 구멍을 뻥 뚫고는 무너져 내렸다. 그렇게 나는 이성의 몸 한가운데 숭하게 뚫린 구멍을 통해 흘러들어오는 어떤 과거도 거르지 못하고, 그대로 그것을 온몸에 덧칠하는 것이었다. 내가 행한 모든 말에 대한 후회를 얼굴에 치덕이고, 내가 저지른 모든 행동에 대한 원망을 복숭아뼈에 퍼부으며, 그렇게 검질긴 자아 모멸의 회반죽에 나를 옴짝달싹 못 하게 만들었다. 그리고 한참의 시간이 지나 과거에 사로잡히느라 돌보지 못한 현재가 망가져 가고 있음을 깨닫고서야 난 제자리에 일어설 수 있었다.

맞다. 이미 흘러간 돌이킬 수 없는 과거이다. 그렇지만 내가 행한 미숙함을 누구보다 내가 잘 알기에, 스스로가 낯부

끄럽고 후회되는 것이다. 그러나 그렇기에 난 현재에서 더 나은 사람이 되고자 노력하는 것이다. 더욱 나은 나를 만들고, 더욱 여물은 하루를 만들고, 더욱 사려 깊은 세상을 만들기 위해 노력하는 것. 더 올바른 길을 가기 위해서는 과거의 나를 인정하고 용서하며 매몰되지 않는 것 또한 중요한 것임을 알아야 한다. 우둔했던 과거의 나를 책망함으로 현재마저 어그러뜨리는 아둔함을 행하지는 말자고. 내가 나의 과거를 용서하고 성숙한 현재와 참된 미래를 만드는 것으로 미숙했던 과거를 바로잡아보는 것이다.

"후회돼.
미숙한 말과 행동을 자아낸 내가 후회돼.
그 또한 모두 나였음에 원망 돼.
나의 가치는 그때 판별돼서
난 멈춰있어야 마땅한 사람같이 느껴져."

"그렇지 않아.
그 또한 모두 너였음을 자각하고
후회하고 원망하는 법을 아는 넌 충분히 가치 있어.
가치는 현재에서 판단되는 거야.
네가 자신을 질책하는 만큼 넌 성장했기에
너를 돌아보고 부끄러워할 수 있게 됐어."

"그러니 후회는 멈추되
나아가기를 멈추지 마.
이제 네가 배워야 할 것은
너를 용서하고 더 앞으로 나아가는 법이야."

함부로 숫자가 되기보다는

　세상은 이상하리만치 많은 것을 수식화한다. 당장에 우리의 손에 쥐인 작은 사각형 상자의 형태인 휴대폰만 해도 이름에 숫자를 붙이고, 자신이 가진 성능을 뽐내기 위해 숫자를 내뱉지 않던가. 휴대폰뿐 아닌 TV, 청소기, 하다못해 글자들로 구성된 책들마저 자신이 도달한 거대한 숫자를 흘려내며 아웅다웅 자신이 더욱 잘났다고 뽐내는 세상이다. 세상은 너무나도 숫자를 사랑한 나머지 어느 순간 사람에게도 수를 부여하기 시작했다.

　어떤 수는 더 많아야 좋은 것이고, 어떤 수는 작을수록 좋은 것이라고. 어린 우리에게 어른들과 세상은 정형화되어버린 어떤 법칙과도 같은 셈을 알려줬다. 내가 가진 것은 많아야 좋은 것, 나의 등급은 작아야만 좋은 것. 숫자로 얼룩덜룩한 모습을 가진 세상은 어떨 때는 너무도 기괴하게만 느껴지지 않던가.

　그런 셈을 열심히 주워 나르기를 한참, 어느 순간 나 또한 어떤 자각도 없이 숫자로 사람을 바라보지는 않았을까. 저 사람이 가진 것은 적으니, 몇 점이고. 저 사람의 등급은 높으니 몇 점이고. 그런 식으로 사람을 분별하고 우리는 사람을 숫자로 대하지는 않았던가. 그렇다면 나는 얼마의 수를 대변하고 있을까. 그런 빈틈을 노린 물음이 목에 박히자 당황한 숨이 사레가 되어 흩어졌다.

　수로 이루어진 세상에 익숙해져 그만 나도 모르는 새 사람을 셈하고 있었다. 그제야 세상을 따라 반점이 진 나의 모습이 보여 나의 몸을 털어내고, 숫자로 자욱한 세상을 입으로 불어보았다. 이제껏 보이지 않던 깨끗한 본연의 세상이 나와 마주한다.

　나와 당신, 우리는 함부로 숫자가 되지 말자. 숫자가 아닌 나는 나 자체로서 그리고 당신은 당신으로서 그렇게 우리가 우리로서 이야기를 나눌 수 있기를 바란다. 우리의 만남은 숫자놀음 따위가 되지 않고, 그저 사람 간의 융합이 되어 수로 이루어진 얼룩이 가득 찬 세상 속 유일무이한 색채가 될 수 있기를 바란다.

나만의 호흡

　무질서한 숨에 괴로운 적이 있었다. 주위의 사람들이 드높이는 속도에 발맞추고자 걸음을 수선스럽게 옮기던 어느 순간, 제 그림자를 보고 놀란 망아지마냥 들쑥날쑥 날뛰기 시작한 숨은 제 박자를 찾지 못해 중구난방 나의 폐부 온 곳곳을 찔러대기 시작했다. 이곳이 자신이 향할 방향인가 싶어서, 저곳이 자신이 머무를 헛간인가 싶어서. 그렇게 예리한 숨이 나의 안쪽에 가득 상흔을 입히자, 그 날선 아픔에 난 가만히 멈춰 설 수밖에 없던 것이다. 몸의 무게를 견디고 서 있는 것조차 힘듦에도 멀어져가는 타인들을 관망하자니 마음은 자꾸 조급해져서, 그렇게 쩍쩍 말라붙는 입안을 느끼며 절박한 숨을 챙겨보고 있었다.

　혹여 당신 또한 그런 조급한 마음속에 메마른 숨을 부지하고 있다면 우리 잠시 눈을 감아보도록 하자. 당신은 사실

알고 있지 않은가. 멀어져가는 모양새의 타인은 당신의 목표가 아니라는 것을. 같은 시작선 상에 출발했더라도 각자의 목적지는 다르기에 우리 모두는 결국 흩어져 자신의 길을 가는 존재이지 않은가. 우리의 목적지는 해가 찬란히 차오르는 저편에 존재함을 망각하지 말자. 누군가가 말했듯이 인생은 마라톤과 같다. 그렇다면 이런 고단한 호흡을 가지고 가야 할 생은 당신에게 어느 순간 너무도 기나긴 여정으로 느껴져 앞으로 나아가는 것을 주저하게 만들 것이라고. 그러니 우리는 우리만의 호흡법을 찾아서 가볍게 숨을 마시고, 내쉬며 그렇게 나만의 길을 나아가보자고.

누군가의 방향에도, 속도에도, 호흡에도 구애받지 않는. 타인에게 연연하지 않은 오롯한 나로 목적지에 도달할 수 있도록. 그렇게 질서를 가진 나만의 호흡이 당신과 함께하기를 바란다.

당연한 마음은 없다

"당연하잖아.

내가 널 좋아한다는 건 당연하잖아."

"나에겐 전혀 당연하지 않아."

마음이란 실존하는 것마냥 고형의 형질을 가진 듯하지만, 그것을 잡아보고자 손을 뻗어보면 손안에서 그 모습을 맥없이 어질러버린다. 실상은 우리의 눈을 속이고 있는 아지랑이와 같은 것이 마음이다. 그렇기에 나에게 특별한 누군가의 어떠한 마음을 몹시 간절히 바라면서도, 우리는 어렴풋이 보이는 그 마음의 형체만을 어림해 볼 뿐 그것을 함부로 단정 지으려 들지 않는다.

우리는 나의 마음을 함부로 누군가에게 판단되었을 때 겪는 아픔과 실망을 알기에, 그것을 내가 행하지 않고자 한다.

그렇기에 우리는 타인이 자신의 마음을 직접 표현하기까지 그저 기다리는 법을 배울 수 있었다. 그런 우리의 세상이기에 어떠한 마음도 당연한 마음이 되지 못하는 것이다.

하지만 그것은 비단 나뿐만이 아닌 상대에게도 적용되는 이야기이지는 않을까. 우리가 누군가의 마음이 가시화되기를 기다리고 있는 것처럼, 어떤 누군가는 나의 마음이 가시화되기를 기다리고 있을 것이다. 그것은 나의 가족이 될 수도, 나의 친구가 될 수도, 나의 사랑이 될 수도 있을 테다. 말이 필요 없는 직관적인 관계라고 생각될지 모를 테지만, 오늘은 당연하지 않은 마음을 전해보는 하루를 가져보는 것은 어떨까.

나의 가족에게 애정을, 나의 친구에게 감사를, 나의 사랑에게 행복을 전하는 하루를 가져보기를.

"나에겐 네가 소중해서,
그만큼 네 마음을 대하는 게 조심스러워서
난 너의 어떠한 것도 당연할 수가 없어."

"네가 직접 말해주지 않으면 몰라.
나는 네가 직접 말해주기 전까지는
네 마음도, 네 생각도, 너와 관련된 모든 것을
함부로 내가 결단 내릴 수 없어."

"나는 내가 만들어 낸 너를 사랑하고 싶지 않아서,
난 네가 말한 너를 정확히 알고 사랑하고 싶어서.
그래서 기다릴 뿐이야."

만년필 같은 사람

나는 이따금 종이에 활자를 옮길 때면 구태여 만년필을 꺼내 들었다. 두르고 있던 질긴 가죽 케이스를 풀어내고, 진한 흑단색 나무의 결이 새겨진 기둥 밑으로 연결된 묵직한 쇠뚜껑을 연다. 싱그러운 팁에 잉크가 졸망하게 열린 모습이 보일 때면 그제야 종이에 활자를 옮기기 시작하는 것이다. 언젠가 네가 내게 물었던 질문이 생각났다.

"왜 하필 만년필이야? 글을 쓸 수 있는 건 연필도, 샤프도, 펜도 가능하잖아."

손에 묵직하게 존재감을 감겨오는 만년필의 중심에 이끌려 나는 대답하게 되는 것이다.

"중심 때문이야. 만년필은 어떤 무엇보다 자신만의 무거운 중심을 가지고 있어서, 글을 쓸 때면 나는 내가 아닌 만 년필에 이끌려 나도 모르게 길을 그리게 돼. 날카로운 새된 잉크의 냄새가 종이에 스며들도록 길을 그리는 동안, 나는 내가 아닌 만년필이 되어버리는 것만 같아서 그게 좋아. 견 고하고도 묵직한 중심에 모두의 눈을 앗을 수 있다는 점이, 스스로 제 존재를 확고히 하기에 주위의 사람마저도 자신으 로 물들일 수 있다는 점이, 무너지더라도 자신의 중심을 잃 지 않는 그 결연함이, 모조리 내가 되고 싶은 사람의 원형을 가진 것이 만년필이라서, 그래서 만년필인 거야."

중심을 견고히 하는 것들은 어떤 숭고함을 품고 있는 듯
해서,

마치 펄펄 끓는 뜨거운 쇳물에도
녹아내릴 수 없는 완고한 생명을 지닌 듯해서,
마치 모든 것을 집어삼킬 듯한 화마에도
불타오르지 않는 단단한 언어를 지닌 듯해서,
마치 덥석 파묻을 것 같은 거대한 비애로도
묻히지 않는 형형한 눈빛을 지닌 듯해서,
그 하나의 생에 숭고함이 자욱이도 깔려있어서,
오늘도 나는 그들의 중심에 연심을 품고 나를 연련해본다.

유형과 무형의 상실

"이미 한참이 지난 이별인데도
왜 나는 아직도 아파할까."

"현실의 상실이 마음의 상실로
이어지지는 않아서 그래."

이별이다. 피할 수 없는 이별이 다가왔다. 만남이 있다면
이별도 있는 것이 순리인 세상인지라, 수두룩한 만남을 반
복한 나에 맞춰 이별은 부쩍 나에게 가깝게 따라붙었다. 만
남의 모습 또한 그러하듯 이별의 모습 또한 천차만별이었음
에도, 이별은 공통적으로 내게 어떤 작별 인사와 같은 고통
을 선물해 주었다.

심장을 텅 비운 듯한 상실감에서부터 허파를 잔뜩 쪼그라
트리는 작열감을 이는 이별의 고통까지. 어떤 이별의 여파

에는 난 하루를 제대로 살지 못하여 시름시름 생이 병든 모습을 비추기도 했다. 이별의 대상은 진작 떠났음에도 왜 나는 이리도 허물어져 버리는 것일까.

그에 대한 대답이란 유형의 상실이 무형의 상실로 이어지지 않기 때문이다. 이별의 대상은 안녕을 말하고 자신의 길을 향했음에도, 내 마음 한구석에 그를 위해 내준 자리는 여전히 남아있기에 난 그 자리의 크기만큼 아파하게 된다. 그가 차지했던 무형의 가치를 연소시키며, 그곳에서 뿜어나오는 열기와 새까만 연기에 나는 시름하게 되는 것이라고. 난 그렇게 당신과의 완벽한 이별을 위해 무형의 당신을 태우며 나의 마음을 정돈하고 있다.

"내가 생각보다 너에게
더 많은 공간을 내줬었나 보다.
어쩌면 나에 대한 공간보다
너에 대한 공간이 더 드넓었던 것 같아."

"내가 너를 품어본 공간은
들판의 모습을 띠고 있어서
네가 떠난 그곳을 태우고 있자니
이 광활한 불길이 내 모든 마음을 불사를 것만 같이 느껴져."

"너는 내 옆에 있을 때도 그 존재를 명백히 하더니,
떠난 지금에도 여전히 사그라질 기미가 없구나.
내 마음이 너무도 매캐하다."

현명한 사람이 되기

현명한 사람이 되고 싶어. 열 손가락으로도 모자란 비대한 셈을 해가며 손익으로 자신을 움직이는 사람이 아닌, 자신이 짊어질 손해를 앎에도 자신의 최선으로 타인을 돕는 사람이 되고 싶어.

제 의지와 달리 유랑하는 바람의 기류에 따라 이리저리 방랑하는 이에게 현실을 상기시키는 다분히 이성적이고도 이상적인 말만을 내뱉는 사람보다는, 바람의 기류를 읽으며 유동적인 시선을 머금고 방랑에 대해 함께 이야기하다 어느 순간에부터는 상대가 바람에 흘러가지 않도록 붙잡는 굳게 멈춘 닻 같은 사람이 되고 싶어.

도약을 꿈꾸는 청춘에게 사람은 하늘까지 뛰어오를 수 없는 법이라며 현실에 대한 직시라는 형태의 비관을 행하는 사람과 달리, 도약을 위한 발판을 함께 계획하며 하늘 높이 뛰어오른 이후에 내다보일 세상을 같이 그림으로 그려볼 줄 아는 사람이 되고 싶어.

세상의 규칙이란 직관적이기에 그것을 말로 담아내기 쉬움에도, 말로 빚어내기란 어려운 추상적인 사람의 마음을 대변하는 것을 곧잘 선택하여 그 마음을 자신만의 언어로 옮겨볼 줄 아는, 사람의 마음에 현명한 사람이 되고 싶어.

그렇게 오늘도 현명한 사람이 되어보고자 하는 노력을.

5장

그럼에도 봄,
다시 한번 봄

또 한 번 이 봄을, 이 푸른 봄을 마주 봐본다.

날개를 펼쳐주시겠어요

　당신에게 날개가 있다는 것을 아십니까. 당신은 볼 수 없어 아쉬울 따름인 아름다움이 당신의 등 뒤로 존재합니다. 당신의 등 뒤에는 곱게 개어진 날개가 수려하게 자리하고 있습니다.

　짙게 뻗은 하늘의 기색을 염려하는 것은 사치가 되는 보통의 날에는, 당신은 옴폭 패인 고랑과 같은 세로의 허리 능선을 따라 당신의 날개를 무료하게 접어두고는 합니다. 날개는 자신을 펼칠 방법 따위는 잊은 듯이 굳게 다물려서는, 양껏 경직된 몸으로 당신의 작은 움직임을 따라 이리저리 움츠러들고는 합니다.

　세상의 모든 것을 푹 담가 저밀 듯한 염도를 지닌 날에는 당신은 당신의 날개를 힘없이 길게 늘이고는 합니다. 날개는 납작하게 누워서 바닥에 애상의 마음을 보이며, 그 마음을 따라 평소의 지조는 아랑곳하지 않고 널따란 대지를 질질 쓸어 빗질하고는 합니다.

눈길이 닿을 수 있는 끝 저편의 풍경을 의식해 보는 맑은 날에는, 당신은 척추의 끝에서부터 당신을 반듯하게 곧추세우더니 당신의 날개를 훤히 부풀리고는 합니다. 날개가 빨갛게 녹슨 몸을 일으키는 순간 바르르하는 땅울림이 일더니, 마치 모든 세상을 덮을 듯 펼쳐지는 거대한 환상과 같은 존재감에 주위의 모든 눈이 당신에게로 앗아지는 것입니다.

당신은 모를 이 모든 광경을 바라보는 난 당신의 모든 날 모든 날개를 사랑할 수밖에 없는 것입니다. 긴장 어린 당신의 날개도, 드리우는 당신의 날개도, 망연한 당신의 날개도. 그러나 난 그중에서도 자신의 존재를 공고히 하던 아찔하게 뻗어진 날개를 잊을 수 없어 그것을 더없이 사랑하는 데에는 어찌할 도리가 없는 것입니다.

그러니 당신, 당신을 위해서도 나를 위해서도 더 많은 날에 당신의 날개를, 당신의 어깨를 더없이 펼쳐주시겠어요.

이기적으로 살아줘

"아파하는 널 대신해서
내가 아플 수 있다면 좋겠어."

　　　　　　"네 아픔은 어쩌고 나를 걱정해.
　　　　　　왜 너를 먼저 생각하지 않아, 왜."

나는 아무래도 당신이 이기적으로 살면 좋겠습니다.

자신의 고통에는 무감한 표정으로 얼음장같이 혹독하게 구는 당신. 타인의 아픔에는 쉽게도 열을 끓여 올리더니 온몸 만연에 슬픔을 번져대는 미련한 모습을 가진 당신이 이기적으로 살기를 바랍니다. 타인의 아픔 앞에서도 자신 또한 아프다며 목소리를 내고, 녹록지 않은 당신의 사정을 알아봐 준 누군가에게 걱정과 위로를 한가득 끌어안겨지고는 내내 참아오느라 짙은 농도를 지니게 된 눈물을 뚝뚝 흘려보낼 수 있기를 바랍니다.

자신의 기쁨이 되는 소식은 속으로 부둥켜두고는 은은한
미소만 띄우는 당신. 타인의 희소식에는 눈을 휘둥그레하고
는 꽃피우듯 활짝 웃음을 퍼뜨리고 목소리 높여 축하를 건
네는 당신이 이기적으로 살기를 바랍니다. 꽁꽁 싸매두었던
당신의 소식을 타인의 앞에서 풀어보고 영롱한 빛을 가진 그
것에 모두가 감탄하며 당신과 함께 감축하는, 당신이 주인
공이 되는 행복한 시간을 모두와 함께 나누기를 바랍니다.

나는 자신의 몰아치는 감정에도 한 치의 표도 내지 않는
당신이, 자신에게만 유달리 엄격한 잣대를 내세우며 자신을
내려치는 당신이, 누더기로 겨우 기워둔 마음을 가졌음에도
금이 간 타인의 마음을 돌보고자 하는 당신이 꼭 이기적으
로 살기를 바랍니다.

당신이 누구보다 당신을 우선하는 이기심으로 그 뻣뻣해
진 인생을 와해시키고, 보다 유연해진 하루에 녹아내려 당
신이 부드러운 숨과 함께 살아갈 수 있기를. 당신에게 너그
러운 하루로, 그렇게 당신이 당신을 보듬으며 살아갈 수 있

기를 바라봅니다.

"나를 생각해서도 네가 아프지 않았으면 하는 거야.
네가 아프면 나는 그것의 배로 아프니까.
난 나의 아픔보다 네 아픔이 곱절로 아프니까."

"나도 마찬가지야.
나도 내 아픔보다 네 아픔이 더 모진 고통으로 느껴져서
네가 언제나 아프지 않았으면 하는 거야."

"네가 이기적으로 너만을 돌볼 수 있으면 해.
그 누구도 돌보지 않고, 나조차도 돌보지 말고
넌 너만을 생각하며 그렇게 살았으면 좋겠어."

숨을 참는 명분

세상에 사람이 만발하여 다채로운 숨을 뿜어댄다. 자신만의 색을 가지고, 오색의 들척지근한 향으로 세상 이곳저곳을 메우고 있다. 그리고 자꾸만 치열하게 향을 뿜어대는 세상 속에 당신은 종종 코와 입을 막은 채 숨을 참고는 하지 않았던가.

우리의 세상은 왜 이리도 빽빽한 향을 갖추고 살아야 하는지에 대해 종종 물음이 동하기도 한다. 우리는 언젠가 정신을 차려보니 일언반구의 짧디짧은 말로 너 자신을 꽃피우라는 명령의 것과 같은 것에 나를 훤히 개화시켜야만 했다. 도대체 어떻게 나를, 도대체 왜 나를, 하는 의문을 가지고 주위를 살펴보지만, 이미 잔뜩 만개하여 자신의 향을 흩뿌리는 사람들에 파드득하고 초조한 마음만 공연히 주워 들게 되는 것이다. 그렇게 나를 피우고자 안간힘을 써보다 멍

울과도 같은 어설픈 봉우리를 갖추었을 때 나는 그렇게 엉겁결에 세상의 틈새에 심기고 만 것이었다.

나는 제대로 꽃을 피운 것일까. 나는 제대로 나의 향을 흩뿌리고 있는 것일까. 세상에 희미하게나마 자리를 차지한 내 모습에 그런 밋밋한 생각을 이어가다 보면, 내 주위에 가득한 나와 대비되는 오색영롱한 색과 향의 향연들이 너무도 지독하게 느껴져 모든 것에서 벗어나고 싶은 마음에 숨을 참아보게 되는 것이다.

하지만 있지, 정말 우리는 어쩌면 잘 못 피어졌을지 몰라. 우리는 어쩌면 향이 없는 꽃이 되었을지도 몰라. 그렇지만 그렇다고 우리라는 존재가 숨을 참아야 할 명분이 되지는 않아. 분명 봉우리 진 꽃을 사랑하는 사람이 있기에. 순백의 향을 사랑해 줄 사람이 있어서. 분명 너에 취해 날아올 나비가 조만간 찾아올 테니. 그러니 멈추지 말아줘. 고유한 네 숨을 계속 흩뿌려줘.

이것은 순백의 숨을 허투루 멈추지 말아 달라는 어떤 진심 어린, 어느 마음 아픈 부탁이다.

포착이 되는 순간

"영원토록 나를
기억해 주는 사람이 있을까"

"내가 영영 잊지 못할 장면 속에
네가 그렇게 존재하고 있어."

당신은 당신이 포착되는 순간을 알지 못한다. 나에게 영원토록 기억될 그 아름다움 속에 당신이 존재하고 있음을 당신은 알지 못한다.

창틀에 사선으로 비껴들어 오는 햇살에 부유하는 먼지들이 엿보이던 순간이 있었다. 그 몽롱한 빛살을 받으며 검은 머리인 줄로만 익히 알아 왔던 당신의 머리칼이 짙은 고동색으로 반짝이던 순간이었다. 제게 내려오던 빛이 눈을 괴롭힌 것인지, 손에 쥔 책의 내용이 마음에 들지 않은지 알 수 없게도 코를 찡긋하다가 내게 시선이 닿자 입동굴이 패인 환한 미소를 보이던 너의 장면이 내게 있다.

몇 년 만에 내리던 함박눈에 모두들 탄성을 내지르며 눈을 소복소복 몸에 쌓아보던 순간이 있었다. 한가득 쥐어본 눈에 빨갛게 손이 얼어가던 순간이었다. 꼭 뭉친 눈덩이를 장난스레 내게 던지고는 하이얗게 내 이름을 허공에 흘려보며 겨울을 만끽하던 너의 장면이 내게 있다.

이렇듯 내게는 계속 곱씹게 되는 장면이 된 당신이 있다. 나는 이렇게 내 삶 속에서 영영 당신을 기억할 것이다. 내가 살아 숨 쉬는 한에 있어 당신의 순간은 자주 꺼내 들어 여러 각도로 빛에 비추어보게 되는 아름다움이 된 채 나에게 소장된 것이다. 그렇듯 나와 당신, 우리는 우리가 모르는 새 포착이 되어 누군가의 아름다움이 되었을 터라고. 그렇게 누군가의 영원한 장면이 되었을 당신이다.

"네게 안부를 묻고 싶었어.
내게 몇 안 되는 아름다움의 순간에 네가 끼워져 있어서."

"유랑하는 공기의 계절에 네 웃음이,
파릇한 초록의 계절에 네 발걸음이,
먼지가 이는 계절에 네 목소리가,
희뿌연 시야의 계절에 네 얼굴이."

"그 순간을 기록할 수 있게 해준 네게 고마웠어.
그래서 네가 항상 잘 지냈으면 하는 마음이었어."

"그래서 넌,
잘 지내고 있어?"

겁이 나더라도, 다시

활의 시위에 나를 걸어 세상에 쏘아보는 것은 익숙해질 만할 때가 되었는데도 여태 겁이 나기도 한다. 팽팽하게 걸어붙여진 시위는 이제 내가 나를 세상으로 놓아줄 의지만 갖추면 된다고 말을 전하지만, 나는 덜컥 겁이 나 충분히 젖혔던 시위를 싱겁게 거두고 만다.

실은 어떤 선상에 놓일 때면 자주 겁이 난다. 시작의 선에서든, 종장의 선에서든, 갈림길의 선에서든. 나의 선택을 믿지 못하는 것은 아님에도, 누군가의 도움이나 의지 없이 홀로 나를 책임지며 세상의 새로운 곳곳에 저며 들어야 하는 것은 늘 낯섦을 넘어서 고단함을 느끼게 하는 것이니 말이다. 새로운 환경에 나를 진득이 녹이고, 그곳에 녹여진 타인과 허물어져 서로와 화합되는 인고의 과정을 알기에, 누구도 알아주지 못할 불투명한 나의 노력과 묵과하는 인내를 알기에, 세상에 나를 쏘아붙이는 것은 자연히 그 장편적인 사려의 시간으로 이어짐을 알기에 나는 세상에 나를 용해시키는 기나긴 과정을 겁내는 것이다.

분명 나는 날이 잔뜩 벼려진 화살의 형태로 세상이란 과녁을 향해 날렵하게 쏘아지겠지. 그렇게 과녁에 몸을 부딪치는 순간 몸을 완만히 하더니 형체를 잃어가며 세상에 흘러들겠지. 나를 타올리며 녹여서는 고유한 색채를 흐리며 세상의 색에 동화되겠지. 그 모든 것을 나는 살아가며 계속하겠지. 여전한 세상임에도 여전히 새롭고 여전히 나를 일깨우는 것이 세상이니, 나는 겁이 나도 다시 반복하겠지.

그러니 다시 한 번이다. 겁이 나더라도, 다시. 그렇게 시위를 팽팽히 하고 나를 세상으로 쏘아 올린다.

녹아내린 나 또한 내가 될 수 있을까.
난 그것에 대한 답을 흐물한 세상 속
누그러진 당신을 보며 깨우쳤다.

잔뜩 풀어진 채 본연의 형체 없이 녹아든 당신임에도,
당신은 여전히 고결하게도 또렷한 당신의 성질을 말하고
있었다.

당신의 곧은 친절함을,
당신의 찬찬한 이해를,
당신의 고즈넉한 웃음을,

흘러드는 당신의 성질에
난 두려움 없이 나를 세상에 빠트리는 것이다.

그리고 바라는 것이다.

내가 당신을 읽었듯이
나의 성질을 당신이 읽어주기를.

기대 이상, 기대 이하

　나는 한때 타인이 기대하는 바에 지나치게 연연하여 스스로 그것에 목을 매단 채 이리저리 이끌려 다니던 적이 있었다. 그 시작은 단순하게도 타인의 예측보다 더 뛰어난 실력의 나를 선보임으로, 그것에 놀란 타인이 내게 칭찬을 베푸는 것에서 비롯된 것이었다.

　"상상했던 것보다 훨씬 대단한데! 기대 이상이야!"

　인정에 목이 말랐던 나였기에, '타인의 기대를 충족시키는 나'라는 명제란 나의 속을 잘게 데우는 달콤함이 되기에 충분했다. 그리고 그날을 기점으로 난 항상 기대 이상인 사람이 되기 위해 전전긍긍 나를 성장시키고자 하는 날을 보내기 시작한 것이었다.

나를 키우는 것에 대한 확실한 목표가 있었기에 그 성장 과정이 힘들게만 느껴지지는 않았다. 그러나 시간이 지날수록 나의 성장이 더뎌짐에 따라 불안히도 요동치는 마음을 다루게 되는 것이었다. 왜 이리 성장이 더딘 것인지에 급급한 마음을 가지고, 이대로 내가 누군가의 기대를 충족시키지 못하는 기대 이하의 사람이 될까 하는 근심으로, 그리고 그것은 성급한 확신이 되어서는 내가 정한 기준에 한참을 밑도는 내 자신을 비난하는 밤을 여러 차례 눈물과 함께 흘려보내야만 했다.

그렇게 어두운 시간이 수두룩하게 모이고서야 나는 내 본연의 순수했던 마음과 어떤 중요한 사실을 간과했음을 깨닫게 되었다. 나는 그저 타인의 기대에 충족하여 단순히 인정받고 싶었다는 것을, 그리고 그것이 모든 타인의 기대를 충족시켜 인정받는 것을 이야기하는 것이 아니라는 것을.

혹여 당신 또한 그러지 않았는가. 타인의 인정을 목표로 달리는 것이 아닌 그것에 목줄 채워져 이리저리 나를 질질 끌리게 하고 있지는 않은가. 타인의 인정에 눈이 멀어 나를 너무 매몰차게 대하고 있지는 않은가. 그리고 간과하지는 않았던가. 타인의 기대를 충족시키는 것은 좋지만, 그 모든 기대에 내가 충족할 수는 없다는 것을. 그러니 어느 날 내가 누군가의 기대 이하가 될지라도, 나는 누군가의 기대를 충족하기 위해 행했던 나의 최선을 알기에 나를 책망하지 말자고.

분명 나는 기대 이하의 사람보다는 기대 이상의 사람이었던 순간이 더욱 많았을 테니.

찰나가 되는 영원

"이 슬픈 하루가 너무 길어."

"결국 찰나가 될 거야.
조금만, 조금만 기다려줘."

영원이 될 것이라 여겨지던 순간이 있다. 나른한 햇살이 얇은 커튼을 투과하여 늦은 시간까지 웅크리며 잠든 우리를 엿보던 순간, 거리를 오가는 수많은 인파의 소리에 묻힐까 내 귀에 바짝 붙어 사랑이 속삭여지던 순간, 나를 아득한 벼랑으로 밀친 손을 원망하여 격분해서는 세상을 광분하게 저주하던 순간, 남들은 보지 못하는 내밀한 나의 온몸 곳곳에 거뭇거뭇 얽힌 어스름 같은 우울로 내가 나로 존재하기를 모조리 포기하던 순간까지. 행복에서 사랑, 사랑에서 원망, 원망에서 슬픔까지 숱한 것들이 영원을 말해왔고 결국 그 모든 시간은 찰나가 되어 나의 기억 한구석을 차지할 뿐이 되었다.

영원이란 말은 둥글게 굴려져서 쉽게 발음하기 쉬운 만치 발음이 된 이후로도 그렇게 한껏 굴려져 가벼이도 제 모습을 숨겨버린다. 찰나가 되는 영원.

이 모든 것은 찰나가 될 테다. 행복도, 사랑도, 원망도, 슬픔도. 영원이 되지 못할 어떤 찰나는 아쉬울 테지만, 영원이 되지 못한 어떤 찰나는 누군가의 숨통이 될 테다.

만일 당신이 몸이 부신 차디찬 봄을 영원처럼 겪고 있다면, 조금만, 조금만 기다려달라. 우리 함께 서로를 부둥키고 이 찰나를 견뎌보자. 영원이 되지 못한 찰나가 된 봄을 건너, 그렇게 새로운 계절을 함께 목도해보자고.

"찰나가 될 수 있을까.
이 표독한 슬픔은 찰나가 되어 사라질까.
이 순간이 끝나도 계속 나의 발목을 붙들고
나를 자주 괴롭히지는 않을까."

"찰나가 될 거야.
네 슬픔은 영원이 되지 못하고 찰나가 될 거야.
어떤 무참한 찰나가 너를 괴롭히는 기억이 될지라도
그 찰나보다 더 많은 순간을 넌 다른 이들과 함께하고
더 많은 순간에 지어낸 웃음이 너의 수많은 찰나가 될 거야."

"그렇게 슬픔보다는 행복이
더 영원에 가까운 모습을 가지게 될 거야."

희미해지고 있다면

　세상이 이토록 희미해지기도 한다. 오늘도 바삐 제 몸을 나르는 빽빽한 사람들이 더없이 무의미한 행적을 담는 것으로만 느껴져서, 둔한 눈초리로 그들의 발이 와 닿는 바닥만을 바라보게 된다. 자동차의 경적, 쉴 새 없이 두런대는 말소리, 굿바퀴를 따라 빙 둘러 스며오는 웃음소리까지 나를 둘러싼 이 도시의 소음이 너무도 번잡하게 어질러져 있어 귀를 꼭 막고 싶어진다. 그러다 문득 나를 옮기던 향방이 그릇된 것으로 여겨져서는, 이 모든 것의 노력과 시간을 가로지르는 내가 무의미하게만 느껴져 길 한복판에 나를 정차시키고 내가 투명해지도록 모든 생각과 마음을 모조리 툭 툭 하고 헐벗어보는 것이다. 나를 포함한 모든 것이 무가치한 것으로 느껴져 희미해지는 하루. 표독한 무감함은 성큼성큼 내 하루들을 잡아먹더니 몸을 불린 채 번들거리는 웃음을 짓고 홀로 남겨진 나를 바라보며 입맛을 다신다.

그렇게 나의 하루가 물기 어린 모습은 된통 남기지 않은 채로 바스락하는 소리를 낼 듯 건조하게도 희미해지고 있을 때, 몸집을 키운 권태감에 잡아먹히지 않도록 나는 나에게 물어야 하는 것이다. 내게 있어 즐거움이란 무엇이었는지. 내 삶에 있어 내가 중요하게 여긴 것은 무엇이었는지. 난 무엇을 할 때 기뻐했으며 어디에서 행복을 느꼈는지. 내가 나를 잊음으로, 내 삶의 가치를 스스로가 퇴색시키고 있지는 않았는지 하고.

　그렇게 다시 한번 내가 잊었던 나를 복기함으로, 습윤한 생기를 나의 삶에 맺혀보게 하는 것이다. 그렇게 다시 세상과 내가 어우러져 그 모습을 명확하게 하는 생생한 시간이 완성된다.

손대면 금방 바스러질 바짝 메마른 모습보다는
이른 새벽의 이슬처럼 낭랑한 생동감을.

길다랗게 뭉근한 숨이 바닥을 적시기보다는
올망졸망 성개한 밭은 숨이 허공에 나뒹굴기를.

그런 선연한 당신이 말하는 당신의 생이란
어떤 것인지 꼭 전해 들을 수 있기를.

12월

마무리와 새로움이 교접하는 겨울의 한복판입니다. 생이 지고 다시 움틀 준비를 하는 차가우면서도 따스한 계절. 그것을 따라 상반되는 두 성질인 끝과 시작이 계절을 덮고 있습니다. 안녕을 떠나보내고 안녕을 새로이 맞이할 12월입니다.

이번 해의 당신의 순간순간은 어땠나요. 어떤 아쉬움이 당신을 발목 잡고 자꾸만 뒤를 돌아보게 하지는 않던가요. 아쉬움은 아쉬움으로 남도록, 나의 소매를 잡아당겨 거듭 머뭇하는 모습을 보일 미련이 되지 못하도록 안녕을 준비합시다. 새로움을 맞이하기에 앞서 마무리를 통해 나를 갈무리하는 것이 이 겨울의 의의이자 12월의 숙제이니 말입니다.

지금껏의 나에게 마지막 안녕을 보내며, 앞으로의 나를 맞이할 안녕을 준비해 보며. 안녕, 수고했어. 안녕, 안녕.

피그말리온 효과

   나의 기대나 믿음은 현실로 이어진다는 이야기가 있다. 긍정적인 기대는 실제로 긍정적인 결과로 이어진다는 피그말리온 효과. 사람의 믿음은 꽤나 큰 영향력을 작용하여, 자신이 바라고 바란다면 그것이 현실이 되어 다가오는 경향이 있다는 이야기.

   이것은 비단 허무맹랑한 이야기가 아닐지 모른다. 우리는 어떤 결실에 앞서 너무 일찍이도 마음을 단념하고, 밋밋한 마음가짐으로 비겁하게 나를 웅크리고 살게 하지는 않았던가.

   현실을 살다 보니 나는 집요하리만치 기대를 구겨두며 살아가고 있었다. 기대가 있으면 실망도 있는 법이기에 내가 다치지 않도록 연신 기대하는 마음을 버려두게 되는 그런 까닭으로. 그러나 그런 은둔하는 마음으로는 이루어지지 못할 현실 또한 존재한다는 것을 망각하지는 않았을까. 내가 정말 어떠한 미래를 바라고 바란다면, 그 소망의 부피만큼 나는 나를 더욱 열심히 일궈보며 한층 그 미래에 가깝도록 다가설 수 있을 터다. 그렇게 기대에 발맞춰서 나를 한 발, 한 발, 내가 고대하는 미래에 나를 도달시키는 것.

그러니 우리 한 번 나에게 기대를 걸어보는 것은 어떨까. 어쩌면 내가 남몰래 누차 소망해보던 행복한 미래를, 희망찬 결과를 바라고 바라본다면 그것이 현실이 되어 나타나 행복에 겨운 함박웃음을 얼굴 만연에 걸고 거리를 쏘다니게 될지도 모르니 말이다.

기대하는 것을 포기하지 말아줘.

두려움과 공존하는 기대를 포기않고,

그 둘을 끌어안은 채 끝에 다다랐을 때

더욱 풍부한 행복을 마주칠 수 있는 당신의 권리를 포기
하지 말아줘.

나를 녹여줘

"어떨 때는 내가 와르르하고
쏟아질 것 같다는 기분이 들어."

"흘러야 하는 숨을
쌓아 올려서 그래."

어떤 날은 집에 돌아오는 길이 유달리 길게도 느껴진다.
나를 짓누르는 것은 존재하지 않는데도 눅눅한 무게감이 나
를 저며온다. 까맣게 물든 저녁이 내 어깨 위에 머무르고 있
는 것같이, 하루를 다물리게 한 무형의 말 몇 마디가 나의
그림자를 붙잡고 있는 것같이, 몽연하게 스며드는 달빛이
불투명한 나의 하루를 의태하여 무게를 더하는 것같이. 그
렇게 형체 없는 것들이 내게 더해져서 나는 그만 길 한복판
에서 나를 와르르하고 쏟을 것 같아진다. 그런 위태로움을
여미고 겨우내 도착한 집에서 급급하게 나를 와락 하고 풀

어본다. 나를 떠받치는 단단한 바닥에 짧은 안도를 느끼며 그렇게 나를 무너뜨린다.

　실은 이유를 알고 있어. 이건 그날 하루만의 무게가 아니라는 걸. 몇 날을 걸쳐 누적된 내 숨의 무게라는 걸. 꼿꼿하게 쌓아 올린 내 숨이 나를 억누르고 짓이기다가, 결국 스쳐 온 바람 한 점에 훅 무너지고 만 것이란 걸. 숨이라는 건 흐르는 형태를 가져야 함에도 세상은 자꾸만 숨을 쌓아 그 높이를 견주고자 해서는, 나 또한 어쩔 수 없이 숨을 겹쳐 하늘에 닿도록 올려보았다는 걸. 그렇게 버겁게 겹쳐진 숨의 무게에 위태로워진 나를 쏟을 수밖에 없었다는 걸.

　나의 탓이 아니다. 당신의 탓 또한 아니다. 그저 세상의 일부는 타협의 기미도 주지 않은 채 우리에게 당연스럽게도 혹독한 요구를 강권하니 말이다. 그렇게 하루마다 포개보는 수많은 숨이 우리 모두에게 존재하고 있음을 알기에, 나는 당신이 오늘 하루만큼은 잠시나마 쌓아 올렸던 숨을 녹이는 시간을 가질 수 있기를 바란다. 무너지는 숨에 당신이 깔리지 않도록, 하루쯤은 그 숨을 그저 있는 그대로 흘려보낼 수 있기를 바라며, 그런 누그러지는 온화한 권유를 당신에게 청해본다.

"가끔은 이 세상을 이루는 규칙이 부조리하다고 느껴.
왜 세상은 두 개의 팔에 수십의 몫을 부둥키도록 할까.
왜 세상은 한 번의 웃음에 한 움큼의 불행을 움켜쥐도록 할까.
왜 세상은 우리의 숨이 유체가 아닌 고체로 존재하게 할까.
왜 세상은, 어째서."

"하지만 그럼에도 난 세상을 놓을 수 없어.
벅찬 몫을 부둥킴에도, 웃음 짓는 누군가의 존재에.
울컥하는 불행에도, 함께할 수 있는 행복에.
딱딱한 호흡에도, 유약하지만 흐르고 있는 생에 대한 기쁨으로.
그래서 난 세상을 살아.
그렇게 난 세상을 또 살아가는 거야."

탄성을 회복할 때

"분명 휴식을 취했는데도
여전히 힘이 나지를 않아."

"아직 충분한 휴식이 되지 못해서 그래."

몰아치는 광풍과도 같은 여러 날을 보낸 내게 수고를 보내며 몇 없는 휴식을 쥐여주었음에도, 물렁해진 힘이 돌아올 기미를 보이지 않을 때가 있다. 너덜해진 겉피 속으로 하얗고 투명한 속살을 내비치며 어느 것도 손에 쥘 심산이 없어 보이는 나의 힘. 그 순간만큼은 애꿎게 나를 쇠약하다며 견책하지 않기를 바란다. 그저 그것은 나의 자질의 문제가 아닌 힘을 도로 갖추는 데에 회복할 시간이 더욱 필요한 것일 뿐이니 말이다.

우리는 생 곳곳에 소진시켰던 힘을 스스로 회복하여, 다시 일상에 힘을 쏟아볼 수 있는 탄성을 지니고 있다. 그렇기에 우리는 내가 쏟아내는 힘을 완급조절 해가며 생에 최선을 다해 살아간다. 그러던 중간, 예측을 벗어난 변칙을 마주함으로 우리는 나의 힘을 한계까지 몰아붙여야 할 때가 존재하기도 한다.

　그렇게 한계에 달하여 동이 난 힘에는 그만한 휴식이 필요로 하게 되는 것이다. 제아무리 탄성을 지녔다고 한들, 큰 힘을 들인 곳에는 그만한 휴식이 요하는 것이 당연한 이치인 것이기에. 그러니 지금은 그저 탄성을 회복할 때라고. 들여지지 않는 힘을 굳이 써보고자 하지 말고, 나를 회복시키는 동안 온몸의 힘을 잠시나마 내려두자고.

"힘이 나지 않는다면
그렇게 힘을 주지 않은 채 있을 수는 없는 걸까.
힘을 잔뜩 들이며 살아야 하는 세상이지만
난 종종 너의 탄성을 잃게 만드는 세상이 원망스러워."

"이대로 네가 힘을 주다가
탄성을 잃은 늘어진 모습으로 영영 멈춰있게 될까 봐
난 그게 두려워.
네가 너로 돌아가지 못하게 될까 봐
난 그게 무서워."

"미리 미안해.
이런 맥 빠진 응원을 하게 돼서.
그렇지만 난 네가 조금만 힘을 덜 내주길 바라."

포기할 수 없는 물컹한 마음

뾰족하게 산을 가득 세운 세상에 부드러운 마음이 방황하며 자신을 눕힐 곳을 찾아봅니다. 이리 끝으로, 저리 끝으로, 오르락내리락하며, 낮과 밤을 가로질러보면서 부단히 노력함에도 끝내 세상 속 모서리 한 곳에 몸을 찔려 모습이 푹 꺼져 들어갑니다. 그런 마음을 향해 세상은 살캉한 마음의 존재가 잘못이라며, 그 작은 모서리에 패어버린 마음이 박약한 탓이라 모질게 매도하고는 더욱 든든히 산을 드높이는 것입니다. 그럼에도 나는 세상이 다그치는 이 물렁한 마음을 도무지 포기할 수가 없습니다. 푹 찌르면 흐물텅하고 원형의 모습은 온데간데없이 감춰버린 채 짓물러 버리는 이 물컹한 마음을 포기할 수가 없습니다.

난 이 부드러운 결을 가진 마음이 어떤 힘을 간직하고 있는지 알고 있기 때문입니다. 자꾸만 매섭게 산을 세우는 세상에 갑작스레 던져진 누군가가 행여 다칠세라 자신으로 두텁게 산의 모서리를 끌어안아 보는 뭉클한 마음이 지켜내는 미소 어린 세상이 존재한다는 것을 알기 때문입니다. 세상에 의해 깊이 파헤쳐진 마음을 가지게 된 누군가를 마주하고는, 차디찬 바람이 그 누군가의 구멍 난 마음에 넘나들지 못하도록 꼭 끌어안는 것으로 추위를 막아보는 간절한 마음이 어떤 무구한 세상에 구원이 된다는 것을 알기 때문입니다. 시퍼런 날에 존재를 부정당하여 갈기갈기 찢겨도 결국 저 자신을 스스로 기워내고는, 여전히도 나긋한 사랑을 이야기하는 열렬한 마음이 자신을 찢어낸 날붙이마저도 무디게 만든다는 것을 알기 때문입니다.

　　그렇기에 난 오늘도 이 무른 마음을 품은 채로 모서리가 가득 찬 세상에 나서보는 것입니다. 또 한 번 이 무른 마음이 또 어느 세상을 구해낼 것임을 믿어 의심치 않으며.

우리는 소실점에서 마주해

　어떠한 타인은 마치 평행선상에서 서로를 마주 보고 있다는 감흥을 불러일으키기도 한다. 좋아하는 것부터 싫어하는 것까지, 취미에서 성격까지, 취향에서 가치관까지 하나로 겹쳐오는 부분이 없어, '이토록 서로가 서로만의 확고한 세상을 구성하고 살아갈 수 있는 것일까.' 하는 당혹감이 서린 의문을 들게 하는 사람이 있다. 그런 타인을 마주할 때면 낯선 세상에 대한 경계에 온 집중을 쏟느라 이 사람과 어울릴 자신감이 뚝 하고 끊겨 이 관계에 대한 이른 백기를 들어보게 되기도 한다. 혹여 당신도 그러지는 않았던가. 너무도 낯선 세상을 가진 타인이기에, '나와는 어울리지 않을 거야.', '나와는 너무 다른 사람이야.', '우리는 서로가 사는 세상이 틀려.'하고 미리 선을 그어둔 채 포기하지는 않았던가.

　관계의 시작에 앞서버린 이른 포기는 잠시 단념해 주기를 바란다. 새로움이란 낯섦을 이야기하고, 낯섦은 두려움으로 이어진다는 것을 안다. 그렇기에 새로운 타인과의 만남은 낯설기에 두렵게 느껴져 기피하게 된다는 것을 안다. 그러나 그런 두려움을 극복했을 때 우리는 우리가 알지 못했던 세상을 손쉽게 겪어볼 수 있지는 않은가. 좀체 변화를 가지기란 어려운 고착되어버린 사회의 환경 속에서 우리를 손쉽게 새로운 세상 속으로, 변화의 기회로 안내해 주는 것은 타인이니 말이다. 그런 기회에서 우리는 미처 알지 못했던 나의 취향과 성격, 특징과 같이 다양한 사실을 새로이 알게 되는 것이니 말이다.

우리는 입체의 현실을 살고 있기에, 마주 본 채 서로에게 닿지 못하는 평행선상에 존재하는 타인이어도 어느 순간 하나의 소실점에서 만나 화합할 수 있는 법이라고.

그러니 타인을 쉬이 포기 않고, 너와 나의 세상을 자주 맞물려보는 생을 꾸려보는 것이다.

나의 미련한 초점은 나무의 기둥에 자리하고 있어
내가 미처 보지 못했던 해묵은 세상을 네가 되짚어준다.
구멍을 뚫으며 바닥에 새겨오는 이파리의 그림자를,
나무 둥치에 자리한 풀 한 포기의 생동함을,
고목의 겉껍질에서 타오르는 시간의 냄새를,
너를 만나 나의 세상은 조금 더 확연하게 분명해진다.

내가 당신을 이끌게

세상의 형태는 순환의 형태를 띤다던 학창 시절 선생님의 이야기를 좋아한다. 나도 모르는 사이 누군가의 시간과 노력으로 완성된 세상에서 내가 살아가고 있다는 이야기. 그리고 시간이 흘러 둥글게 이어진 고리의 형태를 따라 나 또한 힘을 들여 세상을 움직이고 형성시키며, 그렇게 내가 만들어낸 세상에 또 다른 누군가가 살아간다는 이야기.

어떤 거대한 힘과 존재가 순환의 형태로 작용하는 것이 아니다. 어릴 적 부모님을 대신해 나를 돌봐주던 옆집 아주머니의 친절함, 준비물을 사 갈 때면 항상 간식을 챙겨주던 문방구 아저씨의 인자함, 내가 현실에 가라앉아 허덕일 때 나를 강하게 붙들고 세상으로 인도해 준 선생님의 의지까지. 그 사소하지만 무시할 수 없는 따뜻한 힘을 가진 모든 것이 순환이며, 그들의 힘이 있었기에 이곳에 내가 존재할 수 있었다는 것이다. 나를 사회로 이끌기까지 채 말로 옮기지 못할 수많은 생의 도움이 있었다. 그 순환을 나는 몸소 겪었기에, 또한 그것을 기억하기에 나 또한 나의 존재가 세상의 일부가 되어 순환의 구조를 잇따를 수 있기를 바라는 순리인 것이라고.

내 주위의 사람을 살필 수 있는 친절함으로, 어떤 성장에게 기특함을 가지고 선뜻 손을 내밀어 보는 인자함으로, 그리고 세상과 동떨어지는 누군가를 붙들 수 있는 강인한 의지까지. 내가 그런 순환이 될 수 있기를 간절히 소망하며, 더 나아가 그런 나의 의지를 이은 누군가 또한 이 힘을 이어가서는 세상에 순환할 수 있기를 바라는 것이다.

그러니 내가 당신을 이끌어볼 테니, 당신 또한 누군가를 이끌어주시겠나요.

당신의 애독자로부터

　안녕하세요. 난 당신이란 글을 몇 번이고 읽으며 당신을 응원하고 있는 독자입니다. 당신을 접하고 난 몇 번이고 그 이야기에 푹 빠져들어 당신을 떠올리며 시간을 자주 쓸어 넘겼습니다.

　당신의 이야기에는 참 많은 굴곡이 자리하고 있었습니다. 마치 산등성이를 따라 길을 걷듯 당신을 굴리는 가파른 내리막도, 벅찬 숨이 목울대에서 넘실대는 아찔한 오르막도 존재했습니다. 그럼에도 당신은 꿋꿋이 제 길을 향함에 난 많은 감정을 교차하기도 했습니다. 어느 시기에 당신이 겪었던 힘든 마음을 알기에, 당신이 그 길 중간에 멈춰 조금이나마 쉬기를 바라기도 했습니다. 어느 시기에는 당신이 당신을 깎아야만 했었던 체념을 알기에, 당신을 도려내게 만든 세상을 대신 원망하며 분통한 마음을 드러내기도 했습니다.

그럼에도 당신은 계속 당신의 길을 걸어갔습니다. 그 길이 험난함만 있는 것을 아니란 걸 증명하듯 당신은 내게 당신의 환한 세상을 보여주었습니다. 쾌청한 하늘 아래 당신이 당신의 사람과 즐거움을 나누며 웃음 지을 때면, 덩달아 나도 기쁨을 간직한 상청한 웃음을 짓게 되는 것이었습니다. 후회 없이 모든 노력을 내리고 후련함을 내건 당신의 모습에 나마저 가뿐해진 시원한 숨을 양껏 들이켜게 되기도 했습니다. 당신은 그렇게 당신의 이야기를 계속 적어갔습니다. 그리고 지금에도 당신은 당신의 이야기를 적어가는 중입니다. 당신은 알까요. 당신의 이야기로 슬픔과 웃음을 함께하는 누군가가 존재함을, 당신을 응원하면서도 되레 당신에게서 응원받는 누군가가 존재함을.

이만 말을 줄이겠습니다. 그저 이것만은 알아주세요. 나는 항상 당신을 열렬히 응원하며 당신의 이야기를 읽어가고 있으니, 그렇게 당신은 당신을 잃지 않고 계속해 이야기해주세요. 나 또한 당신을 답습하여 내 이야기를 적어보도록 할 테니 말입니다. 그런 나의 이야기를 시간이 흘러 당신이 읽어주기를 바라며. 그리고 당신 또한 내게서 응원받을 수 있기를 바라며. 감사합니다, 당신.

친애하는 당신의 애독자로부터.

당신. 청춘입니까. 저는 아직껏, 청춘입니다.

여전히 나 또한 청춘에 존재한다. 여전히 나를 후벼오는 냉기를 간직한 청춘임에도 이제 난 이 추위를 뽀얀 한숨으로 허공에 뱉어보며, 이 저릿한 시림을 잠적시키고, 어수선한 시기를 둘러볼 줄 아는 여유를 지니게 되었다.

말에는 힘이 존재한다는 이야기를 이 글을 써가며 유독 많이 듣고는 했다. 한껏 비린 청춘을 관통했던 이에게서, 차마 짐작하기 힘든 청춘을 되새김하는 이에게서, 나의 청춘을 바라보던 또 다른 청춘의 이에게서. 그들이 나에게, 그리고 나를 통해 투영해 본 자신에게 말하고자 했던 것이란 믿음에는 힘이 존재한다는 말이었을 테다. 스스로가 내 말과 행위를 믿고 나아간다면, 자신이 이루고자 하는 미래에 더 없이 가까워질 것이라는 말. 나 또한 그 말에 동조해 본다.

말에는 힘이 존재하기에, 그래서 내가 옮긴 이 몇 안 되는 말이 가진 의지가 어느 순간의 당신을 이끌어 나갈 수 있으리라고 믿어보고자 한다. 그리고 이 글을 읽고 있을 당신의 청춘이 청춘으로서 새파랄 수 있기를.

우리가 이 파란 청춘에서 우리를 계속해 온존할 수 있기를 바라며. 후에 기록된 우리 청춘의 모습을 바라볼 때, 우리는 손을 맞잡고 엷지만 또렷한 미소를 옮길 수 있기를 그렇게 마지막에서도 난 간절히 바라본다.